뒤라스의 글쓰기

뒤라스의 글쓰기

알랭 비르콩들레 지음 | 이은숙 옮김

글항아리

차례

그녀는 아무런 예고 없이 특유의 거친 태도로 불쑥 말했다.

"만약 우리가 글을 쓰고 싶다면 그건 절망에 빠져 있기 때문이죠. 만약 우리 스스로 중요한 모순을 잊어버린다면, 또 끊임없이 이 모순 속에서 살지 않는다면 결코 작가가 될 수 없어요. 한낱 이야기꾼은 될 수 있을 겁니다. 모순이 없다면 아무것도 없어요. 안이함에서 오는 역겨움만 있을 뿐이지요."

1972년 10월의 어느 날이었다. 기껏해야 오후 4시였다. 날씨는 잔뜩 찌푸렸었다. 생브누아♟ 거리에 있는 뒤라스

♟   생브누아 거리 5번지에 뒤라스의 집이 있다. 뒤라스는 이 집에서 학업, 결혼, 집필, 레지스탕스 운동 등 많은 것을 겪었다. 특히 이 집은 독일 다하우 수용소로 끌려갔다가 돌아온 남편을 헌신적인 간호로 살려낸 장소다. 뒤라스는 이 시기의 체험을 일기 형식의 『고통』(1985)에서 비장한 문체로 그려낸다.

의 서재는 회색빛으로 반사되고 있었다. 우리가 미광 속에 깊이 파묻혀 있었던 터라 뒤라스는 서재를 밝히기 위해 자리에서 일어섰다. 주이 천♟으로 싸인 전등갓은 얼룩진 빛을 반사하고 있었다. 내 기억에 그것은 장밋빛이었다.

알 수 없는 새로운 어떤 것이 내 속에서 일어선다. 나는 한 작품으로 들어갔다. 그리고 그 삶으로 들어갔다. 시작을 알리는 첫날부터 나는 모든 것을 알아차렸다. 그것은 글쓰기의 비밀과 세계를 읽는 방법이었다. 그리고 장소의 비밀과 영혼의 "뮤지카"♟였다. 아무것도 아니지만 그것을 둘러싼 어둠으로부터 끌어낼 수 있어야 하는 사소한 것들, 빈손으로, 무념無念으로, 맨몸으로 들어가는 용기, 단지 "바람처럼 일어나서", 우주의 심연 속으로 재빨리 사라지기 때문에 우리가 곧바로 옮겨 써야 하는 것에만 관심을 가지고 이 밤을 향해 가는 용기와 같은 것들도 알아차릴 수 있었다.

이 좁은 생브누아 거리에는 틀림없이 자동차들이 지나다녔을 것이다. 하지만 우리에게 그 소리는 거의 들리지 않았다. 마치 바깥에서 일어나는 모든 것이 침묵으로 흡수

♟　주이 지방에서 19세기부터 만들어지는 천의 종류.

♟　음악을 뜻하는 이탈리아어. 뒤라스가 즐겨 사용한 단어다.

되는 듯했다.

뒤라스가 나를 맞이한 것은 그날이 처음이었다. 나는 아주 젊다. 그녀는 단지 그들, 즉 젊은 사람들만 좋아한다고 말했다. 다른 사람들은 대개 그녀를 이해하지 못했으며, 그녀의 완강함을 용서하지 못하거나 빈정대거나 욕을 했다.

그녀가 말했다.

"나는 젊은 사람들을 좋아해요. 젊은이들은 미치광이 같아요. 당신도 알다시피 도처에 광기가 증가하고 있어요. 나는 다행이라고 말해요. 그것은 아주 민감하고 지적인 반응이 있다는 것을 의미하니까요. 감수성이 커지고 있다는 것을 뜻하기도 해요. 사람들은 받아들이지 않으려고 미쳐버립니다. 나는 그런 광기를 즐겨요."

나는 그녀의 말을 듣는다. 나는 이 마력적인 만남의 순간에 이끌려 바깥세상의 모든 활동에 대해서는 낯선 사람이 되어 있다.

나는 그녀를 주제로 삼은 내 석사학위 논문 때문에 그녀를 만나러 왔다. 그때는 미국과 독일과 일본의 대학만이 그녀에게 겨우 관심을 갖기 시작하던 때였다. 프랑스의 대학은 아직도 그녀를 경멸하고 있었다. 그때는 그녀가 막 『사랑』을 출판했을 무렵이다. 그 당시 그녀는 자신의 『아반, 사바나, 다비드』를 각색한 「노란 태양」을 연출했다. 그녀는 이 영화를 자신이 아주 좋아했던 사미 프레, 미카엘 롱스달, 제라르 데자르트, 카트린 셀레르와 같은 배우들과 16밀리미터 필름으로 제작했다. 영혼의 연약함과 존재의 신비로운 떨림을 유일하게 뒤라스만이 비밀스러운 방식으로 포착할 줄 알았기 때문에 이 배우들도 자신의 시간과 재능을 그녀에게 제공했다. 그리고 이 배우들은 그녀에게 고마움을 드러냈다. 다른 어떤 연출가도 뒤라스만큼 그들 자신을 이해하지 못했을 뿐 아니라, 말로 표현할 수 없는 미지의 움직임을 그녀만큼 자극하지는 못했기 때문이다.

나는 1968년에 「샤가」와 「네, 아마도」를 초연했던 여배우이자 내 친구인 클레르 들뤼카의 추천으로 뒤라스를 만나러 왔다.

그날 오후에 대해 나는 모든 것을 기억한다. 뒤라스에 대해서, 그리고 그녀가 내게 문을 열어주었을 때와 그녀가 나를 안내해서 앉혔던 서재에 대해, 또 보석, 특히 에메랄드가 박힌 그녀의 손에 대해서도……. 무엇보다 그녀의 목소리에 담긴 강렬함을 기억한다. 그녀가 항상 더 멀리 있는 것을 탐색하기 위해 몸을 담근 밤의 이상한 깊이에 대해서도 기억한다.

그녀는 나에 대해서 모든 것을 알고 싶어했다. 내 삶과 내 나이, 내 어린 시절 그리고 내가 그녀에 대해 해내고자 했던 이 작업을 궁금해했다. 하지만 그녀가 가장 관심을 보였던 것은 내가 하고자 했던 연구가 아니다. 그녀는 박사 논문과 석사 논문, 이런 것들을 좀 비웃었다. 그녀는 오히려 인간이라는 살아 있는 물질과 그들의 반응, 그리고 일관성이 결핍된 것에 호기심을 갖고 있었다. 거기서부터 그녀는 자신이 쓰는 작품의 진실과 작중인물들이 갖는 감정의 정당성과 늘 다시 시작하는 그들의 이야기를 끌어냈다.

그녀는 내게 문 없는 옷장을 보여주었다. 그 속에는 제본된 원고들과 그녀에 대해 미국 대학에서 쓴 연구 결과물들이 버려져 있었다. 그녀는 이 버려진 더미들에 눈길조차 주지 않는다고 했다. 모든 것이 일어나는 장소와 시간은 다른 곳, 다른 순간이기 때문이다. 그것은 그녀가 상상 속 메콩강의 굽이를 쫓아가는 시간 속에서 일어난다. 즉, 사이공과 라호르 사이에서 사바나켓의 걸인 소녀가 가던 길을 따라갈 때, 기억 속의 침전물로 두터워지고, 진흙투성이 물로 누래지고, 무거워진 상상 속 메콩강의 굽이를 그녀가 쫓아가던 시간 말이다.

"사람들이 보내온 책도 있어요. 나는 그 책들을 대부분 읽지 않고 상자 속에 넣어버려요. 저녁이면 거리에서 사람들이 그 책을 회수하러 온답니다."

그녀에게는 그 책들이 먹을 것을 찾으면서 메콩강을 따라가는 거지들에게 하인들이 던져주거나, 콜카타 주재 프랑스 대사관의 부엌에서 나오는 음식 찌꺼기 같은 것이었다.

나는 그 당시 뒤라스의 이 얼굴을 아주 정확히 기억한다. 나는 이 얼굴을 기억 속에 뚜렷이 새기고 있다. 그녀는 자신이 좋아했던 생生의 한 나이를 지나고 있었다. 그것은 1968년 이후의 시간이었다. 그녀의 얼굴은 술 때문에 무거워 보였다. 하지만 그 얼굴이 결코 지나쳐 보이지는 않았다. 그녀의 시선을 차단하는 직사각형의 검은 안경과 다른 것에 사로잡혀 있어서 그녀가 전혀 신경 쓰지 않고, 또 정리하려고 애쓰지도 않아 잘 빗지 않은 짧은 머리 때문이다.

"중요한 것은 쓴다는 거죠. 글을 쓴다는 것 자체를 포착할 줄 알아야 합니다. 그리고 자신과 함께 그 글쓰기를 아주 멀리, 어둠으로 데려갈 줄 알아야 합니다."

특히 인상적인 것은 그녀의 목소리였다. 그리고 그 목소리에 담긴 내용이었다. 단순하면서도 다르게 발화되고, 문법과는 다르게 열거되지만 아주 정확하게 그것이 말하고자 하는 바의 자리로 가는 단어들. 그것을 설명하기는 매우 어렵다. 이 단어들로 인해 모든 것이 이해되고 밝혀진다. 그것이 바로 뒤라스의 매력일 뿐 아니라, 그녀가 다른 사람들에게 행사할 수 있는 마력이다. 이 단어와 문장들이 자기 자신을 데려가도록 두어야 한다. 우리는 그 한가운데에 머물러야 한다. 잘 이해하기 어렵다는 고통 때문에 그것에서부터 멀어지려고 시도해서는 안 된다. 통속적이고 사소한 진부함으로 되돌아와서도 곤란하다.

"글을 쓴다는 것, 그것은 지성의 시간에 있지 않다는 것이죠."

그녀는 말했다.

"어떤 생각이 와서 그 생각이 분명해지기를 요구할 때 이미 시는 사라지고 말아요. 그것은 마치 다른 법칙이 있는 것과 같지요. 생각이 주장되는 순간 갑자기 노래가 사라지는 것처럼 말이에요. 그렇습니다."

나는 이런 말을 내 속에 새겨 간직하고 있다. 이 말을 통해 나는 그녀가 그토록 좋아했던 라신과 보들레르를 이해하게 되었다. 나중에 그녀가 말했듯이 그들은 부서지기 쉬워 겨우 감지할 만한 상태에 있는 비밀들을 "정점에서", 그리고 아직 혼돈된 채 뒤섞여 있는 흐름 속에서 말했다는 점에서 그녀가 좋아했던 시인들이다.

그날 그녀는 옷을 잘 차려입고 있지 않았다. 그날 이후 내가 그녀를 다시 만났던 매일매일처럼, 그리고 내가 그녀를 자주 만나지 않다가 1994년 이 겨울에 마침내 그녀가 내게 다시 나타났을 때처럼 그러했다. 그녀가 쓴 풀보 모자는 빛났고 아름다웠다. 목에 두른 정사각형의 무명 스카프는 그녀에게 모든 것을 가져다주었던 이 영예로운 나이에 더 이상의 예의라고는 갖추지 않아도 되도록 해주었다. 하지만 그것은 절대적으로 그녀, 즉 광기를 지닌 채, 유쾌한, 너무나도 유쾌한 그녀가 되도록 허용해주고 있었다.

내게는 이미 중요했던 1972년의 그날부터 그녀는 쾌활함을 숨기지 않았다. 나는 누가 뒤라스는 지적이며 견딜 수 없이 권태롭다는 이야기를 만들어냈는지, 또 누가 그녀에게 '마르그리트 뒤라주아르'♟라는 별명을 붙였는지 모르겠다. 그녀는 단지 웃기만 했다. 그리고 그녀를 좋아하는 사람들과 함께 행복해했다. 그들과 함께 있을 때 그녀는 농담과 이야기를 나누었고, 삶을 즐겼다. 그녀의 얼굴에 그 사실이 완연히 드러나 있었다.

뒤라스는 우아하게 보이려고 애쓰지 않았다. 그녀는 나중에 자신이 만들어낼 뒤라스적 시선을 예고하면서 야하게 치장했다. 무연탄 색깔 비슷한 회색빛의 두터운 스웨터와 검고 흰 불규칙한 바둑판무늬가 있는, 오히려 짧은 느낌을 주는 치마를 입고 있었다. 발에는 아무 장식이 없어서 오히려 남성적인 느낌을 주는 신발을 신고 있었다. 그러

♟　　항상 같은 것만 말하는 뒤라스를 권태롭다고 조롱하는 말.

나 시선에는 놀라운 지성과 예리한 청력과 시력이 담겨 있었다. 그것은 그녀의 근시 안경 렌즈 너머까지 소름을 돋게 하며, 입을 다물도록 하는 어떤 권위를 지니고 있었다.

그녀는 충분히 두꺼운 양말로 다리를 완전히 감추고, 치마를 무릎 아래로 끌어내리며 침대 옆에 앉아 혁명과 광인들과 글쓰기에 대해서 말했다.

"작가나 광인들은 똑같이 팽팽한 줄 위에 서 있는 것과 같아요."

그녀는 대답을 기다리지 않은 채 말했다. 그녀는 다른 사람을 더 탐색하려고 하지 않았다. 그들을 설득하려고도 하지 않았다. 그녀는 다른 사람의 마음을 끌어들일 줄 알았다. 다른 사람이 그녀의 세계로 들어갔다. 그 후 그 다른 사람은 모든 것을 이해할 것이다.

그녀는 왜 그런 일이 일어났는지 궁금해하지 않았고, 그저 그런 일이 존재한다는 것만 알고 있었다. 그녀가 말할 때면 주변에 있던 침묵과 델포이 신전의 무녀와도 같은 그녀의 말 덕택에 모든 것이 갑자기 지적으로 빛났다.

그 시기에는 바르트나 라캉처럼 그녀와 겨룰 정도로 주목을 끄는 다른 사람들도 있었다. 그러나 사람들은 세미나에 가서 바닥에 앉아 하나의 말도 남김없이 흡수해버리는 동안 창세기처럼 타격을 받은 유추와 진실의 힘에 눌려 대개 관념 속에 머물러 있었다. 뒤라스에게 받아들여지는 행운을 갖게 될 때면 사람들은 그녀와 함께 순수한 시의 세계로 향해 갔다. 그리고 본질적인 언어의 세계로 향해 갔다. 우리는 여러 세기와 시간과 공간을 거슬러 올라갔다. 그녀와 더불어 우리는 오히려 예언 속에 있었다. 그녀가 다른 어떤 것보다 더 좋아하는 말을 누설해버리자면 우리는 "신성한 것" 속에 있게 되는 것이다.

　나로서는 잊을 수 없는 이날 저녁, 우리는 적포도주 한 잔과 크로크무슈 세트를 먹으러 당시 그녀기 자주 드나들던 그 지역의 프레 오 클레르 바로 갔다.

　바깥의 생브누아 거리에는 알 수 없는 유쾌함이 넘쳐흐르고 있었다. 그때까지만 해도 레스토랑과 나이트클럽이 그 지역을 집어삼키지는 않았다. 소매상인들과 장 부캥의 넓은 상점들, 향냄새를 풍기고 환각을 불러일으키는 음악 속에서 카트만두의 셔츠를 파는 히피족 재단사와 캣 스티븐스와 재니스 조플린과 짐 모리슨이 있던 때였다.

　뒤라스는 그녀가 이 거리에 자리를 잡은 이후로 전쟁 후에도 항상 이 구역을 좋아했다. 앙텔므❦가 부재했을 때와 점령 시기에조차 그러했다. 왜냐하면 이곳은 그녀를 안심시키는 시골 마을의 분위기를 풍기기 때문이다.

　그녀를 다른 사람들에게 낯설게 보이도록 하거나, 수상

쩍게 여기도록 하거나, 혹은 매력적으로 보이게 하는 것은 이런 독특하면서도 색다른 태도에서 비롯됐다. 마르그리트 뒤라스의 얼굴 변화는 놀라울 정도였다. 그녀가 때로 신탁을 내릴 때와 같은 어조로 얘기하면 진지하다. 때로 그녀가 매일매일의 일상생활로 되돌아가면 경쾌하다. 차와 포도주와, 그리고 그녀가 여러 여성 중에서도 『이야기하던 여자들』의 주인공인 그자비에르 고티에와 그녀를 영화의 주제로 삼았던 미셸 포르트와 함께 만들었던 잼 등에 대해 얘기할 때도 그렇다. 나중에 내가 그녀의 노플 르 샤토♟의 집에서 맛보았던 바로 그 잼 말이다.

이 첫 만남 이후 내가 그녀를 허물없이 방문하면서 알 수 있었던 사실은 그녀가 모든 에너지를 작품 속에 쏟는다는 것이다. 그것, 즉 글쓰기라는 불가항력, 환영을 추구하는 것, 그녀를 괴롭혀 그녀로 하여금 끝까지 가도록 만드는 상상의 세계 말고는 그 어떤 것도 없다는 인상을 주면서 모든 것은 작품 속으로 모여들고 있었다.

♟ 뒤라스의 남편. 1944년 6월 게슈타포에 체포되어 부헨발트 수용소에 수감되었다. 1945년 4월 다하우로 이송되어 해방되기까지의 체험을 바탕으로 『인류』를 집필했다. 그의 문체는 뒤라스의 문체에 영향을 주었다.

♟ 뒤라스에게는 글쓰기 장소가 세 군데 있었다. 이 글의 배경이 되는 생브누아 거리의 아파트와 노플 르 샤토, 그리고 트루빌이다.

그녀의 광채는 태양처럼 환하지 않다. 오히려 밤 혹은 황혼에 나타나는 어떤 것이다. 그것이 다른 사람들을 끌어당겼다. 그들은 마치 그녀에게 굴복하고 감탄하는 추종자가 되기 위해서만 존재하는 것처럼 서둘러 그녀 주변으로 모여들었다. 그것은 최고의 열정이자 그녀를 괴롭히는 고통이었다. 작품은 항상 태어나는 상태에 있었다. 그녀가 1968년 이후에 보여주었던 급선회와 그녀를 가장 어둡고 침투할 수 없는, 한마디로 비상업적인 지대로 몰고 갔던 『파괴하라, 그녀는 말한다』 이후 한 권의 책이 또 다른 책을 불러왔다. 그녀를 더는 이해하지 않으려는 비평가들의 침묵에도 불구하고 말이다. 비평가들은 그녀에게 『지브롤터의 선원』으로 돌아오라고 했다. 그녀에게 『타키니아의 작은 말』이 지닌 경쾌함으로, 『앙데스마스 씨의 오후』로 돌아오라고 했다. 작품의 현실에서 구현되지 않은 이야기, 이름 없는 주인공, 지극히 순수한 이런 대화, 장황한 연도煉禱, 혹은 극적이거나 또는 미친 듯한 광란으로는 가지 말라고 말이다. 이러한 것들은 뒤라스가 희곡 『샤가』에서 최초로 시도한 것이었다.

하지만 뒤라스는 자신의 이야기와 작품에 대해 확신하고 있었다. 뒤라스는 비평가들이 그녀를 무조건적으로 지지하는 이들은 잊어버린 채, '미스터 청결' 씨의 흰 회오리

바람과는 반대로 항상 더 더럽게 씻어낸다고♟ 말했다.

　그녀는 또 자신이 경멸하지는 않았지만 현재 쓰고 있는 것을 향해 갈 때 지나쳐갈 수밖에 없었던 소설을 다시 쓸 수도 있다고 했다. 그녀는 2주 만에 『여름밤 열 시 반』과 『모데라토 칸타빌레』와 같은 작품을 썼던 것처럼 다량으로 쓸 수 있는 통속성을 지니고 있었다. 그러나 그녀는 자신의 글쓰기가 결정적으로 다른 어떤 곳을 향해 떠났다는 사실을 안다고 했다. 그녀는 베네치아에서 통나무들이 그것이 떠받치고 있던 궁전을 떠나서 사실상 다른 흐름에 이끌려 '무한한' 길을 향해 간 것처럼, 1968년 이전의 소설에 있었던 글쓰기의 말뚝이 이미 떠났다는 사실을 알고 있다. "피할 수 없는 일"이라고 그녀는 말했다.

　나는 뒤라스의 삶이 작품에서 느끼는 것보다 훨씬 더 비극에서 기인한다는 것을 알게 되었다. 그녀에게는 자신이 피해갈 수 없는 숙명적이고도 비장한 어떤 것이 있다는 사실도 알 수 있었다. 그녀는 마치 「노란 태양」을 촬영할 때 자기도 모르는 사이에 찍힌 몇몇 사진처럼, 혹은 그녀가 노플 르 샤토의 정원에서 영화를 상영할 동안 엘리자베스

♟　청결 씨는 원어로 Monsieur Propre다. 세제 용품 광고에 등장하는 프로프르 씨를 말한다.

레너드의 의도대로 포즈를 취하기를 수락했을 때처럼, 길을 잃고 버려진 듯, 그리고 이제는 다른 사람들을 위해 존재하지 않는 듯 자기 자신 위에 오그라진 난쟁이처럼, 그럼에도 불구하고 숭고할 정도로 아름다웠다. 그래서 뒤라스는 자신을 미워하거나 존중하는 모든 사람을 벗어나는 영혼의 아름다움을 지니고 있었다.

"피할 수 없는 것"이라고 그녀는 즐겨 말했다. 이 말은 그녀가 좋아하는 말 중 하나였다. 마치 나중에 그녀가 "글쓰기에 맡겨진", 미노타우로스에, 그리고 글쓰기의 노예 상태에 맡겨진 익명의 희생자로서 자신의 고유한 이름을 지우면서 "M. D."라고 말하듯이, 그녀는 글 쓰는 것 말고는 다른 어떤 일도 하지 않는 것처럼 쓰고 또 썼다. 연필, 또 만년필로 쓰기만 했다.

"M. D., 그거죠. 그 밖의 다른 어떤 것도 아닙니다."

그녀의 작품이 가진 예언자적 영향력이 신비스러울 정도로 풍부해진 것은 1970년대였다. 그리고 그녀는 1970년대에 작품이 가진 이 영향력을 스스로 겨우 의식했음에도 불구하고 이것을 맹목적으로 무한히 탐험했고, 무한히 확장했다. 자기 작품이 여론으로부터 버림받는 것과 출판업자들의 건방짐, 그리고 당황하고 실망했던 독자들이 돌아서는 것을 감내하면서까지 말이다.

그녀는 마치 도전할 때 느끼는 것처럼 모든 것을 기쁘게 받아들였다. 그녀는 "나는 내가 어디로 가는지 모른다. 하지만 나는 간다"라고 즐겨 말했다. 바로 이 때문에 젊은 층이 그토록 그녀를 좋아한다. 이것이 바로 오늘날의 그녀라는 스타를 만들어주었다. 그녀는 이 사막을 횡단하기 위해 당시 노플 르 샤토의 집에서 글을 썼다. 자발적으로 혼자 절망에 잠겨 타인의 침묵에 대해서, 그리고 그녀를 게걸스럽게 조소했던 사람들의 빈정거리는 듯한 비웃음과 지옥으로 추락하는 것 등에 관하여 썼다. 그녀는 쓰고 마시면서 항상 자신에게 그 이상의 것을 요구하는 작품을 추구했다. 그녀는 자신을 비방하는 사람들이 허영과 자만심과 과대망상증을 가지고 그렇게 했다고 차분히 말했다. 그리고 그녀는 부르주아 문학 시기를 거쳐오면서 망각되었던 작가의 진정한, 즉 오래된 기능, 다시 말해 필연적으로 영매였고, 견자였으며, 아마 무한한 미지의 신과 같은 것, 그리고 교량 역할이라는 작가의 기능을 돌려주었다고 말했다. 그러나 이때 그녀는 이 말을 아주 힘들게 했다. 그녀는 항상 마르크스주의와 레닌주의의 신봉자였기 때문이다. 그리고 그녀가 젊었을 때는 적극적인 무신론자였기 때문이다. 그러나 신은 이미 그녀의 완성된 작품 곳곳에서 배회하고 있었다. 그리고 신은 그녀가 완성한 텍스트인 『사랑』에서 끊임없이 탄원의 대상으로 나타나고 있었다. 무엇보다 뒤라스는 이 신으로부터 분리되고 풀려난 것으로 느꼈다. 또 그녀는 자신의 밤과 삶과 죽음의 비밀 그리고 모든 것의 원인을 확실히 말하기 위해 신을 드러내고자 했다. 작품은 모호한 다른 명확성, 즉 검은 태양 아래서 태어나면서 형이상학적인 효력을 지니고 있었다. 이런 뒤라스와 더불어 갑자기 작품은 여성적인 소설, 그리고 심리적인 사랑을 다룬 소설로 들어가지 않는다. 이런 소설들에 대해 그녀는 잔인하면서도 격렬한 욕지거리를 내뱉었다. 오히려 그녀의 소설들은 그녀가 돌아오지 않을, 그래서 마침내 그녀를 삼켜버릴 또 다른 거대하고 수직적인 공간으로 들어간다.

그녀는 내게 작품에 대한 이런 예감을 들려주었다. 그래서 그녀는 파스칼과 랭보를 그토록 좋아한다고 말했다. 그녀는 내게 아주 오랫동안 파스칼에 대해 이야기했다. 이 두 사람은 이런 공통된 갈망을 지니고 있었으며, 존재하고 이해하는 것의 기쁨을 공유하고 있었다. 그리고 두 사람다 글쓰기라는 강렬한 불가항력에 빠져들었는데 아마 이것이 그녀를 이해하는 열쇠를 줄지도 모른다.

중요한 것은 항상 앞으로 나아가는 것이라고 그녀는 말했다.

"황금이지요. 비밀을 위한 황금을 찾아야 합니다."

그녀는 특히 랭보를 좋아했다. 왜냐하면 그녀에게 "정금 같은 낱말이란 항상 함정이며, 아주 크고 치명적인 위험으로 가득 찬 것, 그리고 말할 수 없는 것을 찾아가는 탐색과 같은 것이며, 아슬아슬한 거래이기 때문"이다. 그 당시 그녀는 유일하게 이런 어조와 힘을 가지고 이야기했던 사람이다. 프루스트와 아르토는 죽었다. 탐색하면서, 글을 쓴다는 것에 이런 고상함을, 그리고 밤을 밝히 볼 수 있도록 하는 광채를 주는 사람은 이제 없다. 뒤라스는 글쓰기에 이런 광채를 허락하고 있었다. 이것은 트루빌의 밤에 길 잃은 배들이 언덕을 찾을 수 있도록 가끔 탄식하던, 그래서 그녀가 잉크의 두꺼운 부피 속에서 듣곤 하던 농무 경적과 같은 것이다. 이처럼 위험을 무릅쓰는 것, 위험 속에 존재하는 것, 그것으로 인해 뒤라스는 글쓰기의 낭만적 기능, 한 걸음 더 나아가 글쓰기의 오래된 기능을 회복시킨다. 그녀의 눈에는 미쇼와 루이 르네 데 포레, 미셸 르리스, 모리스 블랑쇼만 보였다. 이들은 그녀가 "작가의 수고"라고 부르는 것을 염두에 두는 작가들이었다. 그래서 그녀는 1950년대의 이야기를 포기했다. 그녀가 너무 쉬운 것에서부터 나왔다고 말한, 그리고 그녀를 충분히 참여시키지 않았을 뿐 아니라 그녀를 사강이나 말레 조리스 같은 부류의 성공한 소설가로 만들 위험이 있었던 1950년대의 이야기들 말이다. 뒤라스는 이런 여성들을 거의 좋아하지 않았다. 뒤라스는 그녀들이 경박하며, 대부분 자신의 글에 책임지지 않는다고 생각했다. 그녀들은 뒤라스처럼 존재를 태워버리는 것에 던져지지 않았다. 그녀들은 이 세기의 폭력에 버려지지 않았으며, 마치 이 세기와 관련 없는 것처럼 살아가지만, 그럼에도 불구하고 글을 쓰는 여자들이다. 그래서 뒤라스는 흥분했고 표정이 딱딱해졌다.

"글을 쓴다는 게 도대체 뭐죠? 스포츠? 아니면 문제 언습인가요?"

뒤라스는 사로트에 대해서는 항상 좋게 말한다. 하지만 세심하게 적용하면서도 마침내 혐의를 드러냈다. 책은 "불가피한 것이어야 합니다"라고 그녀는 자주 말했다.

『히로시마 내 사랑』『롤 베 스타인의 환희』『부영사』가 불가피한 것이었다고 믿을 수 없을 만큼 침착하게 단언했다. 그래서 나는 나탈리 사로트의 『향성』『금빛 과일』『바보들이 말하는 것』『어린 시절』등 "불가피한" 책들을 언급했다. 그래요. 분명히. 그러나 나는 그녀가 다른 관점에서 사로트를 어렴풋이 비난했던 것으로 짐작한다. 그것은 사로트가 누보로망에 속한다는 사실인데, 뒤라스가 창조력의 고갈 상태를 한탄했던 이 문학에 사로트가 이의를 제기

하지 않은 채 성실하다는 것이다. 그리고 그녀는 사로트가 욕망의 흐름과 말의 떨림이 달려가도록 충분히 두지 않은 채 막연히 누보로망의 이데올로기적 교단에 머물러 있는 것을 원망했다. 나는 뒤라스가 특히 사로트를 좋아했다고 생각한다. 왜냐하면 사로트는 다른 남자들로부터 자신을 보호하기 위해서인 것처럼 유일하게 운동에 가담한 여자인데, 그 운동이 바로 페미니즘이었다.

따라서 위험을 무릅쓴다는 것은 자신의 끝까지, 자기 힘의 끝까지 가서 그것을 글쓰기의 정수 속에서 다시 찾는 것이다. 왜냐하면 그녀는 마법사처럼 사물들 사이에서 비밀스럽게 이루어지는 교환과 삶, 더 구체적으로는 삶의 욕망이 교환될 수 있도록 하는 이런 노동의 역동성을 믿기 때문이다. 틀림없이 그녀의 마지막 작품이 될 『마르그리트 뒤라스의 글』에서 인쇄된 조각난 문장처럼 겉으로 봐서는 엄격한 문법의 제약에서 놓여나 있지만 아주 정확한 삶의 욕망들을 교환하는 것 말이다. 그리고 나는 『마르그리트 뒤라스의 글』에 의해 아마 그녀의 거대한 작업이 마무리될 것이라고 생각한다. 그녀가 말했다.

"글은 바람처럼 옵니다. 헐벗긴 채로, 잉크로부터 오는 것이죠. 그것이 글입니다. 그것은 다른 어떤 것도 삶 속에서 일어나지 않는 것처럼 지나가지요. 삶을 제외하고는 그 어떤 것도 일어나지 않는 것처럼 지나갑니다."

　　그녀가 제명된 자 또는 주변인이 지닐 수 있는 태도, 즉 앞으로는 누구와도 함께할 일이 없다는 식의, 또는 굴복하거나 굽실거리는 것보다는 차라리 죽는 것이 낫다는 식의 뻔뻔스럽고 사나운 태도로 누보로망을 소란스럽게 떠났을 당시에, 그녀는 감정에서 최초의 근원을 찾기를 원했다. 그녀는 그 그룹에서도 특히 로브그리예의 형식상의 아름다움에 사로잡힌 세련된 섬세함을 불쾌해했다. 그리고 그녀는 그들이 세상에 참여하지 않는 것, 즉 참가하는 것을 거부하면서 동시에 수취인이 되려는 태도를 혐오했다. 그것은 사르트르의 방식과도 달랐다. 사르트르를 본래 좋아하지 않았던 뒤라스에게는 그가 이데올로기 속에 사는 것처럼 보였기 때문이다. 시몬 드 보부아르도 마찬가지인데, 뒤라스에게는 그녀가 엄격하고, 강박관념을 가지고, 통제하고, 메마른 와조⚑에서 받은 교육을 항상 기억하면서 작품의 등장인물, 즉 자기 계층에 사로잡힌 귀부인 같은 태도를 지닌 것으로 보였기 때문이다. 그래서 보부아르의 글쓰기는 대개 서로를 거부하고, 그것의 이론을 완성하도록 해줄지언정 뒤라스가 텍스트라고 부르는 것, 다시 말

⚑　　보부아르가 교육받은 가톨릭 학교를 말한다.

해 각자 자신을 발견하는, 겨우 인지할 만한 영혼의 노래
는 아니었다. 그녀는 여전히 고풍스러운 말투로 탁월하게
비방하면서 자신이 더 쓰고 싶지 않은 소설을 썼을 당시에
또 다른 마르그리트인 유르스나르는 자신의 유파가 아니
라고 말했다.

　귀족적 취향과 엄격함을 지닌 유르스나르는 마치 사나
운 짐승을 닮아 야생에서 보냈던 뒤라스의 어린 시절과 정
글 속의 산책을 지나치게 매도했다. 이미 자신의 가족 자체
가 배제되어 있었던 베트남 식민지 요리의 양념 냄새가 밴
땅에서 뒤라스가 보냈던 어린 시절 말이다. 유르스나르의
고대 사극 영화와 같은 서사적 문체는 욕망처럼 끊임없이
움직여 달아나고, 파악하기 어렵고, 비공식적인 뒤라스의
문체와는 크게 대조된다. 그래서 아카데미의 영예♟를 높
이 평가했던 프티트 플레장스♟의 『부인』은 뒤라스의 마음
에 들지 않았다. 그리고 유르스나르도 뒤라스에게 그대로
되돌려주었다. 그녀 또한 뒤라스의 작품을 좋아하지 않았
다. 즉, 뒤라스의 도전과 위반, 폭력에 대해 과시하는 듯한
취향, 끝내 스스로 통제하지 못하고 날뛰는, 그러면서도 욕

♟　유르스나르는 아카데미 프랑세즈의 회원이었다.

♟　마르그리트 유르스나르가 1950부터 1987년까지 그레이스 프릭과
　　함께 살았던 미국 메인주의 마운트데저트섬에 있던 집.

망의 가장 날카로운 끝까지, 영혼의 아주 미세한 움직임까지 가려는 문장을 좋아하지 않았다. 면도칼처럼 날카로운 잔인함으로 유명한 유르스나르는 뒤라스에게 친절한 척하며 비난했다.

"히로시마 내 사랑, 다음에는 아우슈비츠 내 귀여운 꼬마녀석인가?"

그러나 뒤라스의 힘, 그것은 스스로를 비웃어버리는 데 있다. 그녀는 항상 무관심이라는 이런 우월성을 가지고 있었다. 마치 그 어떤 것에도 그녀가 진정으로 감동하거나 영향을 받지 않은 것처럼, 그리고 이런 애매모호한 시도를 하는 가운데서 글쓰기, 즉 그녀에게 앞으로 나가라고 말하는 글쓰기의 이 유일한 목소리만 들어야 한다고 생각하는 그 우월성 말이다.

나를 매혹한 것은 글쓰기에 대해 지닌 뒤라스의 이런 대단한 힘과 확신이다. 그것은 마치 다른 사람들의 비평에는 둔하게 입을 다문 채, 죽음에 이르기까지 기억의 두터움 속으로 나아가면서 작품 속에 갇혀 있던 프루스트의 광기와도 같은 확신이었다.

그러나 곰곰이 생각해보면 내가 여기서 이렇게 말하는 것은 좀 잘못된 것 같다. 그녀가 쏟아낸 그토록 많은 증오와 부당함이 그녀의 모든 시간을 차지하고, 또 그 시간을 오염시킬 정도로 그녀에게 영향을 주었다고 말하는 것 말이다. 그녀는 아주 강박적인 본성을 가지고 있었기 때문에 끊임없이 이야기했다. 그때 세상은 회전하기를 멈추었고, 그녀는 최신 비평으로 되돌아왔다. 그리고 비난받는 이 저널리스트에게 주먹질할 준비가 되었다고 선언하는 다른 사람들에게 자기 속마음을 털어놓았다. 마침내 게임을 진정시킨 것은 바로 그녀 자신이었다.

그녀는 특히 존재들 사이에 사랑이 결핍되어 있는 점을 한탄했다. 그래서 그녀는 늘 아이와 젊은이들에게 더 많은 관심을 기울였다. 그들이 질투와 증오 때문에 피해를 입지 않았다는 이유에서였다. 그녀의 눈에 아이들은 마치 그녀처럼 모두 숲에서 막 태어난 것 같았다. 마법사 같은, "사이공에서 태어난 숲의 여자 마르그리트 뒤라스" 같은, 그리고 기억이 없는 채 어떤 방식으로든 "미친" "모든 인종이 혼합된 숲에서 막 태어난", 신과 융합해 있으며, 자궁과도 같고, 자연이 분리되지 않은 장소인 숲에서 태어난 그녀 자신 말이다.

랭보 역시 어린아이였다. 따라서 그에게는 영감과 휴일, 황금 그리고 말로 표현할 수 없는 것들이 있었다. 마찬가지로 그에게도 먼 곳으로의 도피와 미지의 땅에서의 고독과 우울증의 일격들과 밤의 방랑이 있었다.

그러나 그것은 바로 도박을 해야 하며, 치러야 할 대가가 있는 것이다. 파리 지역 작가들은 대부분 이런 유의 이야기를 들으려 하지 않았다. 그래서 그들은 그녀를 생브누아 거리의 미친 여자, 로슈 누아르♟의 미친 여자, '카미옹'의 비열한 부인이라고 여겼다. 그들, 즉 파리의 좋은 집에서 사는 작가, 명예와 돈을 원하는 작가 그리고 부르주아들에게 말을 거는 작가들 말이다.

항상 따로 그리고 필연적인 모순 속에 존재하는 이런 태도는 꾸며진 것도 전략적인 것도 아니었다. 그녀는 점점 더 그녀의 이야기, 즉 '전설' 속에서 구체적으로 드러나는 태도로 살았다. 그녀의 세계는 현기증이 날 정도로 끊임없이 그리고 강박적으로 되돌아오는 강한 이미지를 가진 채, 양념 냄새가 배어 있고 폭력적인 사이공과 콜카타 사이에 있었다.

그래서 그녀의 이야기는 최고 수준의 기쁨 또는 반감을 불러일으킨다. 일단 독자가 이 이야기의 그물에 걸려들면 벗어날 기회가 없다. 그것은 자급자족하는 세계인데, 그 중심에는 코친차이나가 있다. 이 코친차이나는 끊임없이 만들어지고 재창조된다. 코친차이나는 그토록 여러 번 연

♟ 트루빌에 있었던 뒤라스의 아파트를 말한다.

출된다. 코친차이나는 처음에는 우의적으로 다음에는 실제로 연출되곤 했다. 그러나 내가 추억을 떠올리는 날짜인 1972년에 사람들은 그 사실을 여전히 알지 못한 채였다. 그녀는 주변을 맴돌고 있었다. 그녀에게 자신의 삶을 써보라고 말했던 사람들에게 그녀는 자기 삶이 이미『부영사』안에,『파괴하라, 그녀는 말한다』에서 테니스화를 신은 걸인 소녀의 혼란한 걸음걸이 속에 있다고 말하곤 했다.

하지만 그게 사실이라는 것을 어떻게 알 수 있을까? 우리는 그녀가 오로지 작품과 일, "노동"에 대해서만, 그녀의 말에 따르면 쓰는 것에 대해서만 생각했다는 사실을 잘 알고 있다. 그녀의 전 생애가 글쓰기를 중심으로 회전하고 있다는 것도 잘 알고 있다. 그녀도 친구와 가족을 필요로 했다. 하지만 항상 작품이 더 강했으며, 작품이 그녀에 대해 더 탐욕적이었다고 생각한다. 비평이 그녀를 무시할수록 그녀는 겉으로 보기에 더 어려운 텍스트를 썼다. 그래서 그녀는 대중으로부터 더 멀어졌다. 글을 쓴다는 것에 대한 그녀의 욕망은 지치지 않았다. 문장처럼, 특히 집요하게 공격해대는 문장의 너무나도 독특한 각운처럼 그녀는 매년 텍스트들을 다른 텍스트에 꿰맸다. 마치 그녀가 이전 작품들을 수정할 필요가 있다는 듯이, 그리고 기억의 어떤 흔적들을 덧붙여 이야기를 재구성할 필요가 있다는 듯이 말이다.

샤를 페기의 노래나 클로델의 위대한 기도에 견줄 만한, 바로 이런 연도_{連禱}와 반복으로 인해 그녀는 자신의 작품들을 신성한 것 속에 두었다.

그녀는 작가의 예언자적 역할이라는 개념을 항상 알고 있었다. 그것은 작가가 거대한, 또는 세계적 차원의 역할을 해야 한다는 확신과 연결된다. 1980년대에 그녀의 과대망상증 때문에 그녀를 비웃었던 사람들은, 그녀가 "세계적"이라고 했을 때 그 말하려던 바를 이해하지 못했다. 하지만 사실이다. 작가는 필연적으로 전 세계적 규모일 수밖에 없다. 그녀보다 앞서 파스칼이 그 사실을 말했다. 작품은 무한한 공간의 바스락거리는 빛 가운데로 굴러가는 노래다.

그때 그녀는 말했다.

"수도사처럼 되어야 해요. 글을 쓴다는 것, 그것도 같은 차원이죠. 일정한 규칙을 가져야 해요. 아침이면 침대를 정리해야 합니다. 흩어진 침대 앞에서는 쓸 수 없고, 임무를 시작할 수 없지요."

특히 인상적이었던 점은 그녀가 규칙적으로 작업한다는 것이다. 단 하루도 작품과 이를 향한 노력에 바치지 않은 날은 없었다. 어쩔 수 없이 프루스트를 떠올린다. 프루스트가 이 세기를 열었던 위대한 작가라면, 뒤라스는 이 세기를 닫는다. 그렇다. 그녀는 자급자족에 기댄 작가였다. 그녀는 훨씬 뒤인 1984년에 『연인』에서 우리가 발견했던, 그리고 자신의 짧은 텍스트인 『마법사들』과 『뒤라스의 장소』에서 이야기의 씨앗과 관련 정보들을 주었던 사이공의 이야기에 대한 광기 속에서 살았다. 그러나 이 광기는 글쓰기 속에 결코 완결된 방법으로 개입되지 않았다.

그것은 그녀가 과거의 이런 이야기와 화석과도 같은 가족 그리고 그녀가 자기 어머니에게 기대했던 사랑 — 하지만 그녀는 어머니가 자신을 진실로 사랑하지 않았다는 것을 아주 세밀한 방법으로 알아차렸다 — 을 벗어나지 못하고 있는 것과 같았다. 그것은 조금씩 조금씩 연인이 되어갔던 작은오빠를, 중국인 연인 속에 옮겨놓았다가 마침내 진짜 연인이 되었던 작은오빠를 벗어나지 못하는 것과 같다. 간단히 말해서 거만함, 무례함, 과대망상증, 작품의 분위기, 사랑의 실패, 알코올, 탐욕, 소유욕, 집 등 모든 것을 설명해주는 이 분리의 이야기들을 벗어나지 못했다. 비밀을 누설하기 전에 이런 사실들을 깨닫는 데는 10여 년의 세월이 필요했다.

그러면서도 그녀는 사람들로부터 단절되지 않았다. 사람들 속에 있으면서도 동시에 존재하지 않는 이 방식은 이상하다. 사람들로부터 분리되는 사나움과 이 세기의 역사 한가운데서 존재하는 이 난폭함. 그 속으로 흘러 들어가고 모든 것에 반응할 재능이 있으면서 동시에 사건의 모든 메커니즘을 이해하기를 원하는 신문 기자, 그리고 위대한 리포터의 역할을 하는 이 떠들썩한 열정은 기이하다.

무엇보다 인상적인 것은 그녀의 야성적인 증오 능력인데, 이것은 그녀 자신의 말을 따르자면 "고풍스러운" 폭력이다. 이 능력은 갑자기 그녀를 사로잡았다. 그녀의 말은 주술적으로 사납게, 너그럽지 못하게, 살인적으로 변했다. 살인. 그녀는 이것의 모든 이행과 움직임을 알고 있었다. 작품은 죽음과 학살과 파괴로 가득 찬다. 무엇보다 이것이 부르주아들을 두렵게 했다. 그녀는 항상 청년의 증오심을 가지고 부르주아를 싫어한다. 그녀는 안팎에 동시에 존재한다. 계속해서 그녀는 나를 놀라게 했다. 그녀는 노플 르 샤토의 큰 집에서 쇠약해진 채로 술에 빠져 저주받은 것처럼 쓰면서 정신을 잃어버린 조그만 여자였다. 그녀는 마치 비전과 확신으로 가득 찬 여자처럼 시사 문제에 대해서도 여왕이 된다. 말은 메마르고, 단호하며, 정확한 문장으로 잘린다. 거기에는 그 어떤 대답도 가능하지 않다. 그 속에는 마술사의 확실함과 마법사의 분명함만 있을 뿐이었다.

1970년대에 그녀는 스스로 적용했던 마법사의 이미지를 좋아했다. 숲. 식물의 비밀들. 그리고 심문, 사람들이 그녀에게 걸었던 소송들. 일단 어두운 숲을 지나가면 달빛을 피해 나가던 진실들. 그녀가 경작하던 이 모든 신화는 1994년에 그녀가 자신에게 붙인 이름인 '숲의 뒤라스'와 같은 것이다.

보통 그녀는 조사할 필요를 느끼지 못했다. 그녀는 현장과 방에서 모든 것을 이해했다. 그녀는 저널리즘의 또 다른 형태를 주장했다고 말했다. 이것은 그녀에게 모든 것을 듣고 이해하도록 허락했던 유일하고도 진정한 직관의 형태를 말하는 것이었다. 세계에 대한 그녀의 비전은 신비로웠다. 그녀는 마치 고통의 침상에서 움직이지 않고도 세상의 역사에 대해 모든 것을 알도록 낙인찍힌 마르트 로뱅 같은 작은 성녀이자 카트린 에머리히 같은 저널리스트다. 하지만 비전을 지닌 작가라는 이 개념 자체가 에드몽 드 공쿠르가 말한 "문단" 사람들에게는 적의를 품도록 했다. 상상력이 기여하지 않는 객관적 문학의 흔적과 누보로망의 폐물들이 여전히 엄중하게 맹위를 떨치고 있었다. 일종의 위고적인 동시에 호메로스적인 작가의 개념처럼 진실을 옮긴다는 것이 비평가들에게는 참기 어렵다. 그래서 사람들은 그녀가 미쳤다고 생각했다. 그들은 뒤라스를 더는 이해하지 못했다. 그래서 그녀는 미쳤다.

박해의 절정은 빌맹 사건이었다. 볼로뉴를 따라 이동하는 것만으로 그녀는 범인을 확신할 수 있었다. 그녀는 결코 자신의 진술을 부인하지 않았다. 인상적인 것은 특히 진실을 손에 움켜잡는 것 같은 절대적인 확신이다. 동시에 아주 절대적인 솔직함이다. 허영심이 없다. 조금도, 오히려 가끔씩 진실이 자기도 모르는 사이에 허영심에서 벗어날 뿐이다. 그녀를 아무것도 아닌 것으로 만드는 일종의 수다스러움으로 말이다. 그래서 그녀는 모든 것에 대해 대답과 개념을 가지고 있다. 가장 관대한 자들은 자만심을 말하고, 가장 어리석은 자들은 광기를 말한다. 어떤 것도 그녀의 견해를 바꿀 수 없다. 그녀는 스스로에 대해 확신한다. 해가 바뀌면서 약해져 허리가 구부러지고, 광채를 잃고, 주름진 이 작은 신체가 두려움을 자아내는 권위를 가지고 단언하는 것은 놀랍다. 어떤 것도, 어떤 사건과 어떤 상황도 그녀를 당황스럽게 하지 않는다. 그녀를 깜짝 놀라게 하는 이 힘에 반박한다. 그것을 가지고 놀 줄 아는 것이다. 동시에 그녀는 한없이 약할 수도 있다. 이 떨리는 대화를, 이런 영혼의 비약을, 밤에서 뽑아온 너무나 정확한 더듬거림을 그녀가 어떻게 달리 쓸 수 있었을까?

그녀는 항상 자신을 앞으로 나아가게 했던 유일한 사람

들인 미친 사람들을 편애하고 있었다. 그녀는 말했다.

"눈물겹도록 아름다운 것, 광기가 바로 그것이죠. 그것이 거짓과 진실을 유일하게 지켜주는 것이죠. 거짓과 진실, 어리석음과 지성을 판단하는 것이 광기입니다."

비평가들이 그녀를 미친 여자로 취급했을 때는 딱히 이런 의미에서가 아니다. 그들은 그녀를 소외시키고 감옥에 가두기를 원했다. 그녀, 그리고 그녀의 광기는 오히려 다른 세계를 듣는 것이다. 이것은 그녀가 "내적 그늘"♟이라고 부르는 견고한 소재들 속에 가하는 곡괭이질 같은 것이다. 그녀는 이미지의 혼합물이 보존된 신화적 재료, 즉 "내적 그늘"을 빛 가운데로 끌어내기도 했다. 마치 그녀가 『북중국의 연인』의 너무나 투명한 대화를 가지고 그 빛에 경이롭게 도달했듯이 말이다.

광기. 그것은 뒤라스가 사실상 믿지 않았던 마르크스주의와 레닌주의를 초월해서 그녀가 지닐 줄 알았던 무정부주의와 직접적인 관련이 있다. 그 속에는 특히 젊음에 대한 충성심이 있다. 이것은 스탈린주의식으로 그녀를 밖으로 내몰았던 '프랑스 공산당'에 대항하는 투쟁의 다른 방

♟ 뒤라스는 "글을 쓰는 각각의 주체는 자기 내부에 모든 것이 살아가고, 체험의 통합성이 모이며 혼합되는 그늘진 지대를 소유한다"고 말했다. 이것을 "내적 그늘"이라 이름 붙였다.

식이기도 했다. 그리고 그것은 그녀가 스스로 진정한 코뮤 니스트라고 말하면서 당에 정치적 덕목의 교훈을 다르게 주는 방법이기도 하다.

게다가 그녀는 항상 교훈을 주고자 했다. 틀림없이 그녀 는 그것을 자기 어머니로부터 물려받았을 것이다. 그녀에 게는 다시 보여주기를 원하면서 대중에게 문자교육을 하 는 식민지 여교사의 어떤 면모가 있다. 결론적으로 그녀는 자기 독자들을 내적 세계와 무한한 공간으로 입문시키는 텍스트들을 제공한다. 그녀는 무한한 인내심을 가지고 그 렇게 한다. 그녀에게는 지식에 대한 확신과 동시에 지식에 뿌리를 둔 확신이 있다.

그녀, 사이공의 마르그리트, 이 자그마한 백인 여성은 매년 노벨문학상 수상에 가까이 다가갔고 모두를 능가했 으며, 적들의 머리를 숙이도록 했다. 그리고 적의 수는 많 다. 그러나 우리는 모두가 그녀를 암살한 후에 장례의 찬 사를 할 것이라는 사실도 안다. 그것은 정글의 법칙이다. 하지만 뒤라스는 다른 정글을 위해 싸웠다. 망고나무의 정 글, 작은오빠와 함께 염탐했던 벵골의 호랑이들이 있던 정 글, 유연하면서도 잔인한 표범이 있던 정글, 홍수 사이로, 저녁의 장밋빛 부드러움 속에서 맹그로브 사이로 미끄러 져 들어오는 보아뱀의 정글. 끔찍한 폭력으로 되돌아와서 조금씩 글쓰기 장소를 침범해와 마침내 과거의 작품 모두를 밝히는 바로 그 정글 말이다.

페미니스트들의 요구가 있던 시기에 우리는 거리에서 그녀를 거의 볼 수 없었다. 그러나 그녀는 반항적인 여자들의 노래 속에 자기 자리를 만들어두고 있었다. 1978년과 1979년에 내가 스톡 출판사 편집자로 있을 때였다. 그때 나는 출판사를 찾고 있었던 『마법사』의 창간을 도왔다. 구코메디 프랑세즈 거리의 동굴, 정확히 몰리에르가 그의 극장을 세웠던 그 자리에는 생제르맹 앙 레의 왕령王領에서 가져온 나무줄기의 숲속에 안 리비에르와 그자비에르 고티에가 있었다. 그들은 소란스럽고, 행동력이 있었으며, 능동적이고, 전투적이었다. 그 모임은 유쾌하면서 활발했다. 나는 월간지를 출판하도록 돕기 위해 그들을 정기적으로 만났다.

바로 그곳에 텍스트들이 모여들었다. 특히 그곳에는 마르그리트 뒤라스가 주었던 텍스트들이 있었다. 우리가 아직 몰랐다고 해도 그 속에는 이미 나름대로 『연인』의 기본 짜임새를 구성했던 텍스트들이 있었다. 작은오빠에 대한 간단한 비밀을 알려주는 짧은 이야기 하나, 안남의 식사, "망고 열매가 나는 땅. 남쪽의 검은 물, 쌀이 있는 평원", 로베르 앙텔므의 고통에 대한 이야기들이 생브누아 거리로부터 들어왔을 때 얼마나 행복했던가! 또 얼마나 감동했던가!

1968년의 끝 무렵이었다. 사람들이 유토피아 이념을 위해 여전히 서로 싸우고 있던 시기의 마지막, 그리고 파리 시가지에서 이어지던 서정적 행렬이 끝나갈 무렵이었다.

목요일 저녁 모임에 뒤라스는 가끔 『마법사』의 여성들을 만나러 왔다. 그녀는 커다란 검은 모직 숄로 자신을 감싸고 있었다. 그것은 그녀에게 부처 같은 분위기를 만들어주고 있었다. 이 모임에서 그녀는 많이 웃었다. 그때는 그녀가 여전히 파리를 돌아다니며 모험을 즐기던 시절이었다. 그러나 침묵하던 "어린 시절의 깊은 심연이" 사납게 날뛰고 있었고, 부르짖었으며, 이미 소리치고 있었다. "그것은 내가 외치는 곳에서 나를 건드린다"고 잡지의 여자들에게 말했다. 그러나 그녀가 좀처럼 잘 하지 않았던 텔레비전 인터뷰에서처럼 우리는 그녀가 이미 다른 사람들을 위해 길을 잃었다는 것을, 의미를 담은 과거 이야기만이 침범해온다는 것을, 그녀에게는 다른 곳으로부터 와서 섞여버린 전설만이 있다는 것을 잘 느낄 수 있었다. 그녀는 "이 다른 곳은 끝이 없다"고 덧붙였다.

이런 균열 때문에 사람들은 그녀가 "약간 정신이 이상하다"고 생각하게 된다. 그러나 그녀는 이 균열을 항상 연금술적으로 사용한다. 이 균열 덕분에 그녀는 자신이 창조한 인물들의 침묵을 이해했다. 그리고 그들이 나누는 대화의 기적적인 정확성을 이해했다. 또한 이 균열 덕분에 플로베르와 부댕 이후 오직 그녀만이 트루빌의 습기 찬 빛과 조수에 씻긴 하늘을 이해할 수 있었다. 비록 그녀 스스로는 항상 부인했다고 해도 그녀가 가진 시적 능력에 대해서는 아무리 말해도 충분하지 않으리라. 사람들은 라신과 베아트리체의 노래를 기억했다. 그리고 그녀가 다시 처할 줄 알았던 추방의 음악을 떠올릴 수 있었다. 그녀는 아무것도 아닌 데서 단어를 가져온다. 그녀는 그 단어들이 요구하는 구성을 깨뜨리고 문법을 파괴한다. 그러면 단어들은 뽑혀버린 막대 받침대처럼, 선박 내의 터져버린 액체 연료 같은 "바토 이브르"의 단어들처럼 알 수 없는 미지의 세계를 향해 떠나버린다. 그러다 그 단어들은 갑자기 알기 쉽고, 무한한 동시에 선명하다. 남중국해의 수면 위로 해가 떠오르는 그 순간, 그 하루의 출현에 대해 누가 그녀보다 더 잘 표현할 수 있을까? 흐르는 구름의 움직임과 물소들이 목욕하고, 시골 여자들이 등을 굽힌 논의 창백한 먼지에 대해, 그리고 완만하게 흐르는 메콩강의 진흙에 대해 누가 그녀보다 더 잘 쓸 수 있을까? 쇼팽의 왈츠곡이 흘러나올 때 일등칸의 살롱에 있던 한 소녀의 고통을 누가 그녀보다 더 잘 들려주겠는가? 내가 보기에 그녀는 1980년대에 마침내 결정적으로 이 시로 되돌아온 것 같다. 그녀는 결국에는 자기 장르가 아닌데도 불구하고 여전히 자기 세대가 책임지고자 했던 정치에 사로잡혀 무의식적으로 이 시에 저항하고 있었다. 이후 그녀는 조금씩 떨어져나왔을 뿐 아니라 씻겨서 깨끗이 정화된 것처럼 보였다. 마치 중국인 연인이 항아리의 물로 그녀를, 또는 작은오빠라는 더 강한 이미지를 씻었던 것처럼 말이다.

그 후로 그녀는 시인처럼 이미지로 말하기 시작했나. 이 물질적인 삶에 대해서 말하고 싶어할 때조차 그녀는 자기 세계에서 나오는 그녀만의 정확한 표현과 단어들을 찾기 시작했다.

이 첫 만남 이후 내가 그녀에게서 떠나왔을 때 나는 무언가가 막 시작되고 있다는 것을 알아차렸다. 잔인함, 야수성, 무례함, 그녀가 다른 사람들을 사용하는 방법 등 그녀에 대해 모든 것을 예감했음에도 불구하고 미친 것 같으면서 또 소설적이면서도 폭력적인, 그리고 무조건적 성실함에 바탕을 둔 이야기가 시작되고 있다는 것을 알았다. 그러나 나는 누군가가 사로잡히면 어떠한 것도 이런 열정을 포기시킬 수 없다는 것을 알고 있었다. 무관심이나 분리조차 말이다.

그녀는 존재들을 자신에게 연결시켰다. 어떻게? 어떤 신비로? 그녀를 원하고 있었고 그녀 역시 마찬가지로 선택했던 사람들을 자신과 함께 존재하게 하고 데려가는 방식이었다. 그것은 마법, 요술, 황홀함, 신성에 관한 이야기였다.

나는 그녀를 1972년부터 1974년 사이에 자주 만났다. 그녀 덕분에 내 석사논문도 진전되었다. 그 후에 우리는 피에르 세게르스 출판사에서 책도 함께 만들었다. 그 책은 프랑스에서는 최초로 그녀에게 헌정된 전문 저술이었다. 서문을 직접 썼던 이 사진과 시 모음집에서 그녀는 시의 불가피성과 그것의 돌이킬 수 없는 한결같은 힘을 고백했다. 그녀는 "시가 있을 때 그것은 절대적인 필요성을 가지고 존재하는 것이다"라고 내게 써주었다.

나는 뒤라스에 대한 지식을 점점 더 쌓아갔다. 거기서 나는 창작자가 지닌 비밀의 어떤 흔적을 조금씩 단편적으로 발견해나갔다. 그것은 텍스트 속에 그것을 가져오기 위해 완전한 침묵을 포착하는 방식 같은 것이었다. 그녀의 작품은 그녀를 그토록 좋아했던 모든 사람에게 그랬듯이 내게도 마치 육체 속으로 노래가 침범해오는 것 같은 느낌을 자극했다. 그것은 이야기하거나 묘사하기가 대단히 어려우면서도 동시에 대단히 관능적이며, 또 매우 낯선 것이다. 그것은 다른 사람들에게로 욕망이 흘러 들어갈 때의 성욕과 관련된 어떤 것이었다.

내가 그녀에게 책이 어떻게 만들어지냐고 물었을 때 그녀는 자신은 책의 진행에 전혀 관여하지 않았다고 되풀이해서 말했다. 먼저 『타키니아의 작은 말들』을 썼을 때, 혹은 그녀가 말했듯이 헤밍웨이와 잃어버린 세대의 미국인들의 리듬에 충실한 『태평양을 막는 제방』처럼 남성적 소설에 전념했을 때, 그녀는 극적인 템포를 조절해야 했고, 자신의 소설을 잘 알려진 규칙에 따라 진행시켜야만 했다. 그러나 『파괴하라, 그녀는 말한다』에서부터는 텍스트 도처에 환상의 이야기가 퍼져나가서 어떤 것도 그녀에게 속하지 않을 정도로 풍부해졌다. 이때부터 그녀는 글쓰기에 복종하기 시작했다. 바로 이런 노예 상태는 그녀 전부를 필요로 했다. 그리고 책은 미리 구상된 바 없이 앞으로 나아갔다. 그때부터 그녀는 책이나 소설이라고 말하지 않고 텍스트라고 말했다. 글을 쓴다는 것의 지배를 받는 텍스트는 마치 미지의 바다에서 떠다니는 대형 여객선이 대서양의 거대함 속에 자신을 내맡기고, 밤에는 죽음의 지대를 가로지를 때처럼 조용히 앞으로 나아갔다. 그녀가 이후에 썼던 『나이트호』는 이미 작품에 대한 원대한 메타포였다. 그녀를 검은 잉크 속으로 빠뜨리는 모든 것이 그녀를 매혹하고 어지럽혔다. 그녀는 자신을 부르는, 그리고 그녀가 저항하지 않았을 이런 심연의 수사학으로 들어갔다. 시간이 흘러 1994년 겨울에 다시 만났을 때 그녀는 내게 이렇게 얘기했다.

"글쓰기라는 불가사의가 앞으로 나아가지요. 나는 아무것도 모른 채 앞으로 나갑니다. 나는 내가 어디로 가는지 알지 못해요."

그러나 그녀가 이미 『사랑』을 쓰는 순간에 이런 미지의 횡단을 경험했다는 것은 확실하다. 그래서 그녀의 작품을 이해하는 것은 절대적으로 어려웠다. 사람들은 누보로망의 현학적인 소용돌이 앞에서 황홀해했고, 뷔토르, 로브그리예 같은 소설가들의 지성은 그들을 매료시켰다. 그러나 사람들은 뒤라스의 『사랑』『아반, 사바나, 다비드』는 읽지 않았으며, 여전히 이 작품들을 이해하지 못했다. 이후 1980년대의 가장 저주받은 작품인 『파란 눈 검은 머리』 『에밀리 엘』이 뒤라스적 몰상식과 미친 텍스트의 대열 속으로 치워져버린 것처럼 말이다. 나는 그녀가 말하고 싶어 하는 것을 잘 이해했다. 그것은 글쓰기의 우월성이다. 그것은 "내적 그늘"에서 뽑혀와 기억의 바다에서 날아다니는 비밀스러운 이야기를 포착하는 것이다. 마치 지나간 것들이 우리에게 갑자기 되돌아와 버려진 이야기의 일부가

밝혀지는 것처럼 말이다. 그녀는 종종 대중의 몰이해에 대해 생각해봤다. 그 독자들 아니 오히려 제대로 읽지 않은 독자들이 그녀에게 충실했던 이들보다 더, 당연히, 거의 체질적으로 그녀의 관심을 끌었다. 그녀는 그들을 가족처럼 생각했지만, 평소와는 달리 마음먹고 그들을 경멸하고 잊어버릴까 하는 생각까지 했다. 마치 그녀가 나에 대해서도 그렇게 할 수 있었듯이 말이다. 그러나 그녀에게 쏟아진 이런 증오에 대해서, 이를테면 좋은 말로 혹은 다른 많은 말로 살랑거렸던 리날디의 증오에 대해 그녀는 그 이유를 이해해보려 했지만 허사였다. 무엇이 그들을 거북하게 하는가를 우리가 그녀에게 설명하려고 했을 때 그녀는 항상 회의적이었다. 그녀는 "그렇게 생각하세요?"라고 물었다. 이런 순간에는 항상 그녀의 시선을 차지해서 멀리, 글쓰기의 비참함 속으로 떠나는 향수 같은 것이 있었다. 그녀는 이 글쓰기의 비참함에 대해서 어쨌든 마치 신의 뜻을 받아들이는 것처럼 네, 라고 말했다. 왜냐하면 그것은 "경이로운 불행"이었기 때문이다. 그것 없이는 아무것도 더는 남아 있을 수 없었다. 그녀의 가족이나 연인들도 그녀가 무엇보다 사랑하는 이 저항할 수 없는 힘, 자기 상실, 마약에 대해서는 아무것도 할 수 없었다. 하지만 광기와 더불어 "이를 데 없이 아름다운 사랑"이 있었다. 우리는 한순간 그녀가 중국인 연인과 작은오빠와의 숙명적인 사랑을 거의 꾸며냈다고 생각했다. 그러나 그 이후로 어떤 사랑과 욕망의 반짝거림에도 불구하고 글쓰기에 대한 열정, 다시 말해 불가피한, 강요되는 듯하면서도 스스로 향유하는 듯한 이 고통을 대신할 수 없었다. 그녀에게는 항상 더 깊이 흐르고 있는 이야기 속으로, 절대적 이야기가 될 하얀 인도의 흔적과 상처와 화려함을 담은 단어와 추억의 파편 속으로, 아스팔트 길 위에서 총총걸음으로 메마른 소음을 냈던 인력거꾼과 논과 메콩강을 따라갔던 마차, 즉 우기의 두터운 습기 속으로 더 깊숙이 나아가는 것만이 중요했다.

뒤라스에게 전형적으로 나타나는 것처럼 보였던 것은 바로 이런 끔찍한 이중성이었다. 그녀에게는 스스로 고통스러울 때 만들어내는 이 "뮤지카", 즉 영혼의 가장 연약한 움직임뿐 아니라 그녀의 어머니가 그랬듯이 자기 안에 자리 잡은 시골 처녀의 거친 태도를 파악할 능력이 있었다. 그녀는 그 시대의 가장 날카로운 지성을 토해낸다는 점에서 지적이다. 동시에 거의 탐욕스러울 정도로 엄격하게 자기 삶과 일상을 조직하는 동시에 그 시대에 대해 가장 날카로운 통찰력을 뱉어낼 정도로 이지적이다. 그러나 글쓰기가 그녀를 사로잡을 때면 그녀는 비장하고도 필사적인 힘을 가지고 거기에 뛰어든다. 그리고 그 순간 노래가 흐른다.

1994년에 뒤라스가 마지막 작품인 『마르그리트 뒤라스의 글』을 출판했을 때 나는 그 책에 1968년 이후 내가 그녀와 자주 만난 시절에 그녀가 했던 모든 말을 모아두고 있다는 사실을 확인했다. 그녀는 말했다. "지나치게 수줍어하는 책을 만드는 죽은 세대들이 있어요. 낮에, 기분전환용으로, 여행하면서 읽을 수 있는 책들이 있어요. 하지만 그런 책들은 사유 속에 뿌리내리지 못해요. 삶의 검은 상(喪)을 말해주지 않지요."

관찰에 담긴 이런 정확성은 그녀가 예전에 주장했던 것과 뒤이어 텍스트 속에서 작품화했던 모든 곳으로 나를 데려갔다. 죽음에 대한 이런 생각은 지난 역사의 치유할 수 없는 상실감이라는 사고에 긴밀하게 연결되어 있었다. 중국인 연인, 그렇다. 하지만 꼭 그만은 아니다. 작은오빠 그리고 특히 모든 것이 연결되는 어머니, 그리고 마치 혼란스러운 연도처럼 차례로 줄지어 연결되면서 재결합하려는 텍스트들, 마치 연인이나 작은오빠의 후손과도 같은 얀 앙드레아까지 상실과 절대적 추방에 대해서 말하도록 한다.

그러나 가끔 그녀는 살기를 원했고, 사람들을 만나러 가길 원했다. 내가 산다고 말할 때는 글쓰기라는 폭력에서 벗어나 다른 사람들처럼 살아가는 것을 의미한다. 하지만 그녀가 영화를 만들기 원했을 때는 어떤 일도 일어나지 않았다. 운명을 벗어나지 못하는 라신의 위대한 여주인공들처럼 모든 것이 불타는 매듭 속으로 되돌아왔다.

그럼에도 불구하고 삶의 흐름은 끈질기다. 여러 번 반복해서 사람들은 그녀가 죽어간다고 생각했다. 그때 신문 기자들은 그녀의 죽음에 관한 기사를 구체화하기 위해 활발히 움직였다. 그러나 그녀는 다시 태어났다. 마치 그녀가 겪은 불행과 고통에서 씻긴 것처럼 영광을 되찾은 모습으로 새로 시작했다. 시간이 그녀에 대해서는 아무런 영향을 미치지 않는 것처럼 보였다. 왜냐하면 주름으로 가득 찬 그녀는 항상 그랬다고 주장했기 때문이다. 그녀는 메말라 가면서 오래 지속되었다.

1970년대 초에 그녀는 자기 독자들 앞으로 나아갔다. 그녀는 "읽기 쉬운" 소설이 아니라 『파괴하라, 그녀는 말한다』와 같은 소설에서 그녀의 작업이 지나치게 오해를 받았다고 생각했기 때문이다. 왜냐하면 비평이 그녀를 무시한다면, 그녀는 비평을 피해갈 것이며, 특히 젊은이들을 만나러 갈 것이라고 했다. 그들로 인해 모든 것이 만들어지고 파괴된다고 했다. 우리는 여전히 불안정하고 고립된 메종 드 라 컬처에 「노란 태양」을 상영하러 함께 갔다. 앙드레 말로 시대의 결실인 그곳은 문화 센터라기보다는 전투적인 노동조합원들의 회합 장소처럼 보였다. 때로는 15명에 불과한 소수의 관객 앞에서 그녀는 딱딱한 소리와 불확실한 이미지로 필름을 투사했다. 그 16밀리미터의 연출은 아마추어의 한 영화와도 같다는 생각을 굳혀주었다. 거기서부터 조금씩 위대한 것이 떠올랐다. 사미 프레이의 격렬한 폭력과 미카엘 롱스달의 서정적인 노출 그리고 특히 대화의 잔인한 폭력성 같은 것 말이다.

"당신은 조화를 깨뜨리려고 왔습니까?"

"그렇습니다."

"전체 속에 무질서를 개입시키기 위해?"

"그렇습니다."

"전체 속에 분리와 혼돈을 주려고?"

"그렇습니다."

"분리하고 깨뜨리기 위해?"

"그렇습니다."

"그렇다면 무엇으로 대체하기 위해?"

"그 어떤 것으로도 불가능하죠."

지금까지 그 어떤 사람도 이처럼 무례하고 전복적인 언어의 대화를 들어본 적이 없다. 이것은 랭보와 로트레아몽의 저주받은 위인들과 비극적인 주인공들의 완강했던 폭력으로 연결된다. 1968년부터 1975년까지 이와 같은 파괴의 시기에 뒤라스가 모든 것, 즉 소설적 구조와 인물의 심리 그리고 묘사의 고전적 틀을 다시 문제 삼기로 결심했던 그때 그녀는 스스로 다시 태어나는 것 같았다. 마치 그녀가 그때까지 썼던 모든 것이 단지 이 표면상의 커다란 무질서의 전조에 지나지 않았던 것처럼, 그리고 문학에 대해 가졌던 엄청난 계시의 시작에 불과했던 것처럼……. 모든 것의 잔해 위에서 태어나는 검은 대륙처럼, 그리고 어둠 속에서 기항지 없이 길을 떠나는 밤배처럼 말이다.

모든 것이 실제로 개화된 것은 이때였다. 인도의 환영과 파묻혔다가 떠오르는 식민지의 기억들, 그리고 그녀가 근원의 노래에 다가가기 위해 선포했던 침묵의 대관식 등 말이다.

뒤라스는 「노란 태양」의 구호와 주문을 듣기 위해 그리고 자신이 무엇을 탐색하는지 들려주기 위해 다른 사람들에게로 갔다. 그녀의 집에는 만남에 대한 이런 열정이 있었다. 마치 예전의 프랑스 공산당 시절 그녀가 생제르맹데 프레의 작은 방의 모임에 참여했을 때처럼 말이다. 그녀에게는 유대인들이 그러듯이 이처럼 많은 이야기를 나누는 것이 필요했다. 그녀는 그 당시 "영예로운 유대인"에 전적으로 동화되었다. 그녀는 그것을 즐겨 반복했다. 왜냐하면 모든 것은 거기서 시작됐기 때문이다. 그녀가 마치 거대한 상흔처럼 결코 다시 시작하지 않을 아우슈비츠의 살인. 추방되고 쫓겨나고, 강제 수용되고, 가스실에 끌려가기 위해 말해지는 유대인……. 그리고 작가는 유대인이 되어야 한다. 유대인은 이 세계의 비밀스러운 노래를 들을 수 있다. 세계의 이유를 들을 수 있다. 이런 추방의 대가 없이 세상은 아무것도 보여주지 않는다. 그것은 오락이다. 그래서 그녀는 절대적인 것에 삶을 걸었던 파스칼을 그토록 좋아했다.

1972년의 어느 날, 우리는 「노란 태양」을 상연하기 위해 오를레앙에 갔다. 그녀는 핸들을 돌리며, 문학과 일상을 섞으며 즐거워했고, 무한히 유쾌해했다. 뒷좌석에는 필름 릴이 담긴 원형 상자들이 놓여 있었다. 그녀는 완전히 순진한 모습으로 평평하고 매끄러운 보스의 길을 달리고 있었다. 자유로웠고, 무엇보다 더 자유로웠다. 길 위에서, 그녀는 단언했다. "젊음의 해변이 필요합니다. 그것을 얻기 위해 싸워야 합니다. 위험이 대기 중에 있어요. 그리고 각자가 자기 몫을 원합니다."

그녀는 영화에 당혹스러워하는 어린 중고등학생들에게 대화들을 설명해주었다. 영화의 대사는 절대적으로 진부했다. 하지만 동시에 한 번도 들어본 적 없는 모호한 말들이 오갔기 때문에 어려웠다. 그리고 모두가 그 대사의 시적 힘과 영향력을 직감했다.

그래서 그녀는 흔치 않은 확고한 설득력을 펼쳤다. 목소리의 근엄함으로 인해 점점 더 커지는 어떤 권위를 가지고 낱말과 문장들을 대화자들의 정신 속에 정착시켰다. 그녀는 말하지 않고, 큰 소리로 표현했다. 그녀는 설명하지 않고 예언했다.

하지만 이런 토론 시간이 지나면 그녀는 거리의 경쾌함 속으로 돌아왔다. 그녀는 메뉴판에서 자신이 아주 좋아하는 '크림소스 생선찜'을 찾았고, 기뻐하며 백포도주를 주문했다. 식탁에서 사람들은 계급 간 투쟁뿐 아니라 사회에서 작가가 담당하는 역할에 대해 계속 이야기했다. 그녀는 자기 영화에 대해 우리에게 질문하곤 했다. 그리고 배우들이 어떻게 전달되었는지 걱정했다. 하지만 사실 그녀는 늘 확신하고 있다. 그녀가 만든 모든 것이 명백함으로부터 그리고 피할 수 없는 것에서 왔다는 사실을 말이다. 그녀는 결코 자신의 일을 문제 삼지 않았다. 그녀 자신에 대해서도 결코 의심하지 않았다. 그것은 허영심도 교만도 아니었다. 오히려 그것은 사물의 침묵을, 뜨거우면서도 비밀스러운 주변을, 세상의 정념에 깃든 어두움을, 라신의 숲을…… 읽지도 않았고 자세히 들여다보지도 않았던 라신을…… 라신의 음악을 항상 건드렸다는 것을 알고 있는 자의 신성한 확신이었다.

영화감독이기도 했던 그녀는 항상 자신의 계획에서 벗어나 이미지가 내포하는 비밀들을 찾고자 하는 영화 작가의 방법을 이해하지 못하는 사람들에게 영상 속에 숨겨진 비밀을 찾아내기 위해 계속 노력해야 한다고 말했다. 영화 속에서 그녀가 진정으로 추구하는 것은 텍스트, 그리고 글쓰기의 영광이라고 말했다. 그럼에도 불구하고 소르본 주변의 작은 영화관처럼 놀라울 정도로 침묵이 지배하던 영화 클럽에서 우리 20여 명은 네다섯 명씩 흩어져 있었다. 다른 사람들은 1974년 칸에서 조직된 소동처럼 냉소하고 삐걱거리는 소리를 내면서 좌석을 떠나갔다. 세련된 모든 프랑스 영화의 꽃이 그녀의 눈앞에서 펼쳐지던 것들을 그들은 이해하지 못했다. 샤피에를 제외하고는 영화를 죽여버리는 것처럼 보이는 이 학살자들에게 고함쳤다. 뒤라스는 여전히 그곳에서 논쟁했다. 달아나는 말을 붙잡았다. 그리고 단언했다. 이미지와 인물과 상황들을 학살하는 이들에 대해서 말이다. 그리고 강박적인 리듬을 정확히 타면서 카를로스 달레시오의 탱고가 끝난 후면, 그녀의 카메라가 담은 메콩강의 완만함을 타고 미지의 땅이 떠오르도록 했다.

「노란 태양」에서 「나탈리 그랑제」까지, 「인디아 송」부터 「캘커타 사막의 베니스」에 이르기까지, 단편 영화들 속에서, 그리고 자신이 지니고 있던 이런 비밀스러운 이야기들 속에서 아주 조금씩 그녀가 드러나기 시작했다. 그녀에게 말하도록 하는 것, 그녀가 쓰고 있다고 믿으면서도 쓰지 않았던, 그리고 좋아하고 있다고 믿으면서도 좋아하지 않았던…… 닫힌 문 앞에서 기다리는 것 말고는 어떠한 것도 결코 하지 않았던…… 것을 말이다.

그래서 그녀는 자신의 "내적 그늘"을 못살게 굴면서 영화들을 썼고, 책을 영화로 만들었다. 그녀를 "글쓰기"에 바쳐진 여자로 만드는 열정을 가진 채 그녀의 방식대로 다르게 굴절시켰던 모든 장르가 서로 얽히도록 했다. 그것을 위해 그녀는 침묵을 점령했고, 외침을 포착했다. 그녀의 말을 빌리자면 그녀는 그것에 눈이 멀었다. 날아가는 것 속에서, 그리고 단어의 용마루 위에서 그것들을 포착했다. 그래서 그것들을 이미 이해할 수 없는, 그러면서도 그녀가 영원히 사랑할 수밖에 없는 다른 사람에게 주어지는 책 속에 두었다. 그러나 그녀는 마치 스스로의 고독에 포로가 된 것처럼, 그리고 책을 쓰는 것 말고는 다른 것은 할 수 없는 것처럼 그 다른 사람들로부터 분리되어 있었다.

혼돈스러운 뒤라스를 재구성하는 이 이야기를 쓰면서 나는 그녀를 자주 과거의 인물로 이야기하고 있다는 사실을 발견한다. 뒤라스는 죽었나? 아마도. 그러나 그녀를 작품에 바쳤던 이 죽음에 대해서만 그렇다. "그녀는 죽었다." 글쓰기에 대한 자신의 직관을 확인하기 위해 거울 저편으로 건너갔다.

그녀는 강박관념처럼 책이 자기도 모르는 사이에 만들어진다고 말하곤 했다. 하나의 계획, 하나의 도면이 책 자체 앞에서 강요되었을 수 있다고, 또 그것을 따라가야 한다고 상상할 수도 있으리라. 그녀는 모든 것이 자신을 벗어나는 질서 속에서, 심지어는 세상을 벗어나기까지 하는 질서 속에서 통제 없이 만들어진다고 반복해서 말한다. 글을 쓰는 것만이, 금빛 나는 펜의 큰 소리를 듣는 것만이, 종이 위에 서걱거리는 소리만이 중요하다. 그리고 비밀스러운 질서가 전개된다. 그것은 프루스트가 그의 마들렌을 적셨고, 모든 콩브레가 놓여났던, 그 되찾은 시간의 "어두운 방들"로부터 손대지 않은 채로 나온 차원이다.

이처럼 글쓰기라는 예술만이 그녀를 설명할 수 있으며, 그녀를 살려낸다. 그녀는 상상력이나 무의식적인 기억에 사로잡혀 있지 않았으며, 그들의 책을 무대화하는 작가의 괴벽을 가지고 있지 않았다. 그녀에게 텍스트는 근원에서부터 온다. 그녀에게는 자신의 머리 ─ 여과기 ─ 에서 벗어나는 낱말들을 재빨리 포착해서 그것들을 종이 위에 새기는 것이 중요하다. 이렇게 해서 모든 것이 만들어진다. 그것은 단지 "내적 그늘"의 "검은빛"과 우연으로부터 나오는 이상한 창작 이야기다. 그녀는 그것을 "나의" 우연이라고 말한다.

그녀에게는 모든 것이 빨리, 아주 빨리 완성되었다. 책과 영화들, 그녀는 그것들을 반짝거림 속에서만 만들어낸다. 그녀는 "불태움" 때문에, 단숨에 쓴 『일기』 때문에 기쁨 속에서, 그리고 신의 눈물 속에서 심연에 빠져드는 파스칼을 여전히 좋아한다. 마찬가지로 그녀도 쓸 때 밤을 태우는 것과 같다. 그녀를 꿰뚫고 지나가는 것은 불태움이다. 그리고 그녀는 눈먼 상태에서 앞으로 나아가며 문장들은 펜으로 인해 소리 내며 미끄러진다.

1994년 2월의 어느 날 저녁 나는 뒤라스의 집에서 그녀를 다시 만났다. 우리는 그녀의 "정글" 속에 있었다. 그녀의 침대 가까이에 중국인 연인의 큰 사진이 걸려 있었다. 벽에는 여러 장의 엽서가 핀으로 어지럽게 꽂혀 있었다. 그녀는 눈을 감고 내게 말했다.

"내 책상에 앉아서 펜을 쥐고 내가 당신에게 말하는 것을 재빨리 쓰세요."

여전히 눈을 감고 그녀는 한 권의 텍스트, 어떤 역사? 이야기?, "그녀의 밤에서부터 뽑혀나온 말들"을 받아쓰도록 했다.

여전히 그녀는 내게 말한다.

"내가 당신에게 주는 이 텍스트는 선물입니다. 이것을 당신이 원하는 대로 하세요."

그날 저녁 나는 마치 비밀을 이해하는 것과 순수한 창작의 한가운데에, 그리고 은총을 입은 것처럼 미지의 어떤 것에 가까이 다가갈 수 있었다.

그녀는 결코 일부러 조류를 거슬러 가지 않으면서 자기 세계를 펼쳐 보인다. 낮은 파도가 오가는 트루빌의 해변을 모델 삼아 그녀가 몇 시간 동안 롱숏으로 임시로 만들어진 섬들과 작은 반도에서 젖은 채 움직이지 않는 쓸쓸한 모래들만 보여줄 때, 그 세계가 어떤 이들에게는 참을 수 없을 정도의 느림과 긴 여운이 남는 정지된 장면으로 다가온다.

나치 친위대원이 지은 관사였지만 그들이 떠난 후 파괴되고 저주받은 채 쥐과 개들에게 맡겨진 로칠드 정원의 열대 습기 속에서 매일 아침 「인디아 송」을 상연했을 때, 그녀는 사바나켓의 어린 걸인 소녀의 가슴을 에는 듯한 노래를 들었다. 그 노래로 그녀가 메콩강의 굽이를 따라 걷던 불쌍한 사람들의 노래를 떠올리게 될 때면, 그녀는 울었다. 그 어떤 영화 작가가 이런 감정을 가질 수 있을까? 장 자크 아노? 그의 막대한 영화 장비와 사치스러운 영화팀과 할리우드적 주인공들로? 불가능하다.

　사실 뒤라스의 이런 훌륭한 장인정신은 진정으로 매혹적이다. 나는 '매혹하다'라는 이 표현을 고집한다. 여기서 벌어지고 있는 일의 규모를 이해하는 사람은 누구나 가장 고전적 의미에서 마법에 걸린 것이다. 그녀 스스로도 발견과 순진함과 "천진난만함"의 상태에 있다고 말할 것이다. 모든 것은 남중국해가 몸을 내던지는 저 깊은 곳에서, 그리고 근원을 찾아야 하는 미지의 장소에서 새롭게 재창조된다.

　그녀가 이야기의 이런 요구에 자신을 내맡기기 때문에 그녀는 폭발하고, 분쇄되고, "구멍이 뚫린다". 자신의 의지와는 상관없이 이 "검은 방"의 수문을 열어야 하고, 탐사되어야 하며, 자기 의지에 반하여 그곳으로 들어가야만 한다. 그리고 이처럼 미지의 땅에서 온 명령은 그녀를 숨막히게 한다. 비참하게도.

　그것을 피하기 위해 그녀는 집을 숭배한다. 그녀는 항상 집을 떠돌아다니는 장소의 정령들을 좋아했다. 그리고 각각의 집에서 숨은 신비를 찾았다. 집은 그녀를 안심시켰다. 그녀에게 집은 닫힌 장소였는데 거기서는 시가 꽃필 수 있었고, 피할 곳을 찾을 수 있었다.

　생브누아 거리, 노플 르 샤토, 로슈 누아르, 그녀가 자국을 남긴 이 세 장소는 매우 뒤라스적으로 변해갔다. 1970년대에 노플은 그녀에게 중요한 피난처였다. 그녀가 아무도 만나고 싶지 않거나 친구들이 그녀를 거의 찾지 않을 때 그녀는 그 장소에 혼자 은둔해 있기를 좋아했다. 이 시기에 노플 르 샤토는 뒤라스에게는 우아함보다 빛바랜 매력을 지닌 장소였다. 그곳에는 정지된 것처럼 보이는 변함없는 상태에 버려진 듯한 분위기가 있었다. 먼지가 잔뜩 묻은 수국, 마크라메 레이스가 달린 쿠션과 빛바랜 장밋빛 주이 천, 그리고 마치 파리에서처럼 벽에 걸린 거미줄과 사진들. 나는 그 집의 초벌칠 된 벽 위로 여기저기 그늘을 던지고 있던 천 소재 전등갓의 보잘것없는 불빛 아래서 무광택의 커버로 싸인 털이불을 덮고 잤다.『물질적 삶』에서 얘기했던 것처럼 뒤라스는 이 집을 돌보는 일에 전념했다.

그러나 사람들은 그녀의 집에서 그녀를 글쓰기라는 어두운 밤의 작업으로 데려가는 집중력을 알아챌 수 있었다. 사람들이 그녀에 대해서 기억하는 것은 이런 '고정된 집착'이다. 모든 것이 그녀 이야기의 불타는 핵심으로 돌아오곤 했다. 모든 것이 그곳에서 다시 시작되었다. 노플의 집은 너무나 뒤라스로 배어 있어서 헛간, 공원, 연못, 실내 장식 등 모든 것이 그녀의 영화 중 한 곳에서부터 나오는 것 같았다. 이처럼 사물들을 되씹으면서, 글쓰기에서 삶으로, 삶에서 영화로, 영화에서 글쓰기로 이동하면서 집은 뒤라스 바로 그녀에게 되돌아온다. 노플에서 감동적인 것은 사물의 약화, 즉 사물들이 보여주는 일종의 기진맥진함이다. 직물과 후줄근한 쿠션, 기억 속에서 거의 사라진 시든 꽃다발과 종종 망가진 정원의 가구와 등나무속, 비스듬히 놓인 전등갓, 해진 카펫과 낡아서 더는 사용하지 않는 식탁보와 사진, 원고들, 정확히는 모르겠지만 시간의 흐름과 나이의 흔들림에서 벗어난 듯한 오래된 어떤 것들, 시간의 소리 사이로 교묘히 빠져드는 어떤 것 속에서 사라진 것들, 그래서 그녀가 말하기를 그렇게 되기 전에 원래부터 그곳에 있던 것 속에서 말이다.

노플은 뒤라스가 극도로 고독했던 장소다. 책은 거기서 만들어진다. 무엇을 향할지 그녀가 전혀 알지 못하고 만들던 책. 완전히 탐구되지 않고, 결코 "목록으로 만들어지지 않고, 조사되지 않던" 이야기를 향해서 책을 이끌어가는 펜을 자유롭게 두던 장소다.

노플에서 이웃으로 지내던 미셸 망소는 거의 사막처럼, 회색빛으로, 비와 빙하로 젖어 있던 뒤라스의 겨울날 저녁을 이야기해주었다. 담배 가게를 제외한 나머지 다른 주거지들의 덧문도 닫혀 있던 날, 뒤라스는 세상으로부터 물러나 앉아 말 그대로 그녀만의 "영화"를 만들며, 노플의 이야기를 그녀 방식대로 읽으면서 숲과 여자와 마녀들, 그리고 1789년에 노플의 길을 빌려서 베르사유를 걷던 여자들의 행렬에 대해서 이야기했다.

뒤라스의 특별한 점은 항상 텍스트와 말, 그리고 단어들을 그것들끼리 연결시키는 데 있다. 유추의 여왕이었던 그녀는 그 단어들 사이에서부터 예기치 못한 음악을 감지해냈다. 그녀가 자신의 고유의 신화를 만들어내는 것은 바로 이처럼 언어들의 "천 짜기"를 하면서다. 그리고 사람들이 참기 어려워하는 것도 뒤라스가 이처럼 언어들을 직조하기 때문이다. 혁명기의 여자들은 오늘날 마을 아이들이 원거리 통학생 스쿨버스에서 내리면서 성큼성큼 걸어 들어가는 노플의 길을 빌려야 했다. 공원과 도로를 지나 노플을 에워싼 숲에서 여자들은 나무와 야생동물에게 말했고, 자연과 밤은 서로 협정을 맺었다. 그녀는 이것을 시대에 뒤떨어진 방법이라고 느꼈다. 그녀의 삶 내내 줄곧 그녀를 짓눌렀던 것은 그녀가 "닫힌 문"에 부딪힘에도 불구하고 무한을 예감하거나 간파한다는 것이다. 그래서 그녀는 릴케와 노발리스와 에밀리 디킨슨 등 비전을 전수받은 사람들과 영혼의 떨림을 좋아한다. 그들의 시작품은 연장되는 메아리를 지닌 채 부서지기 쉬운 노래들을 복원하기 때문이다.

노플에서 겨울밤을 보낼 때였다. 그녀는 이런 기다림에, 그리고 무한한 사물들에서 지각되지 않는 것을 듣는데 빠져들었다. 트루빌에서처럼 술이 이러한 기다림을 도와주었다. 트루빌에서 그녀 혼자서 거의 절망에 빠진 채 캉의 학생인 얀 앙드레아에게 대답했을 때와 동일했다. 얀 앙드레아가 자기에게 보낸 편지를 숭고하다고 생각했던 그녀는 베를렌이 랭보에게 했던 것처럼 갑자기 얀 앙드레아에게 대답한다.

"오세요, 당신을 부르고 기다리고 있어요."

어떤 일이 일어나는 것은 이런 식이었다. 보이지 않게, 사건의 흐름을 변화시키면서, 마치 삶이 갑자기 다른 곳에, 어떤 다른 흐름 속에, 다른 구덩이에 자리 잡은 것처럼, 그리고 그것은 마치 자기 자신에게 속한 것이 아니라 극도의 긴장 속에, 갑자기 모든 것을 흔드는 어떤 파괴의 순간에 달린 것 같은 방식 말이다.

노플! 나는 그곳을 고독과 어떤 슬픔에 연결시킨다. 여전히 책을 쓰도록 만들고, 전개시키고 마침내 완성시키는 고독과 슬픔 말이다. 뒤라스는 거기서 종종 그녀의 친구와 지나가는 사람들, 그리고 출판사 사람과 배우들을 맞이한다. 비록 아이들과 대가족의 소음이 있음에도 불구하고, 아들 우타와 그의 아버지 디오니스, 그의 가족, 절친한 친구들, 미셸 포르트, 그 자비에르 등을 맞이한다.

　그곳은 항상 책이 만들어지고, 「나탈리 그랑제」「노란 태양」과 「롤 베 스타인의 환희」가 만들어지던 장소다. 그곳은 고독 없이는 그 어떤 것도 계획되거나 만들어질 수 없는 글쓰기의 장소다. 우리는 그 고독을 "작가의 고독"이나 "글쓰기의 고독"이라 부른다. 나는 작가의 이런 신성함 속으로 되돌아간다. 현대 문학에서는 오직 그녀만이 더 높은 수준에 도달한 작가의 신성함 말이다. 글을 쓰는 것은 근원의 흔적을 찾는 것이다. 글쓰기라는 기적은 특히 말의 흐름에 선행하는, "그것 없이는 만들어지지 않는" 이런 준비 속에서 청취되는 것이다. 텍스트가 곤충의 겹날개나 촉각처럼 무한한 떨림 속에서 펼쳐지고, 이 순간 글쓰기라는 마술이 나타난다. 우리는 부채가 펼쳐지는 모습이나, 수족관에서 중국 종이가 꽃잎처럼 펼쳐지는 것을 떠올리는데 이것은 프루스트가 글쓰기의 가장 진정한 장소라고 정의하던 것이다.

　글쓰기와 그녀 자신이 이처럼 정확하게 일치하는 것, 그녀는 이것을 트루빌에서도 똑같이 찾았다. 프루스트가 거주했던 장소에서도 그랬어야 할까? 벨기에의 왕과 여왕들, 러시아 황제들까지도 별장생활을 했다는 사실은 그녀와는 거의 관련이 없다. 프루스트는 뒤라스의 메아리를 연장하고, 어렴풋한 추억을 물리치고, 기억의 매듭을 풀어 헤치는 데 기여한다. 따라서 프루스트는 뒤라스의 전설을 더 크게 만들고, 뒤라스의 신화를 풍요롭게 한다. 그녀와 프루스트 사이에는 아주 미묘해 구별하기 힘들면서도 공통된 무언가가 존재한다. 마치 모든 인간의 두터움, 모든 존재의 비밀, 무한히 우주적인 존재의 비밀이 대기와 혹성들의 뮤지카 속에서 항해하면서 그 공통의 공간으로 모여드는 것처럼 말이다.

우리는 트루빌에서 뒤라스를 붙잡고 있는 것들을 쉽게 이해할 수 있다. 다른 점에서 보면 트루빌이 아니라 말레스테넨이 장식한 큰 궁인 로슈 누아르다. 광활한 반원형의 만이 수평선을 향해 있고, 붉은 카펫이 깔린 긴 복도, 오래된 엘리베이터의 유리관이 도르래와 자아틀 소리로 가끔씩 침묵을 흔들고, 프루스트 자신이 들을 수도 있었을 모든 낡은 기계가 뒤라스가 차지한 장소를 유혹했다. 뒤라스는 프루스트보다, 또 모네보다 더 잘 적응했다. 거기에 머무르면서 위엄 있는 건물을 그렸던, 그리고 오늘날 거기에 살고 있는 오발디아, 리바, 테르지프, 그 외에 또 다른 사람들보다 더 시간을 보냈던 모네 말이다.

그녀는 로슈 누아르의 홀에서 「대서양의 연인」을 촬영했다. 그 영화에는 얀 앙드레아의 그림자가 있다. 얀 앙드레아 역시 안 마리 스트레테르처럼 뒤라스의 유혹, 즉 그녀의 힘이라는 큰 놀이에 매혹당해 있다. 이후 얀 앙드레아는 로슈 누아르에서 뒤라스로부터 전이된 이 마술이라는 유일한 삶을 살아간다. 로슈 누아르의 복도는 「인디아송」의 장소가 될 수 있었다. 얀 앙드레아, 곧 신화적 주인공이 마지막으로 변신한 그는 『부영사』에서부터 『죽음의 병』에 이르기까지 그녀의 신비스러운 주인공이 변신한 인물이었다. 마침내 그의 마지막 문학적 변신은 『얀 앙드레아 슈타이너』에서 일어난다. 왜냐하면 뒤라스에게는 문학 속에서의 삶 말고는 다른 삶이 없었으니까. 그녀에게 글쓰기와 텍스트의 삶 속에서보다 더 가득 찬, 현실적인 존재는 없었다.

나는 그녀를 안 지 2년 후에 그 사실을 이해했다. 1974년이었다. 너무 큰 매혹은 치명적일 수 있었다. 나르시스적인 반사가 너무 크고, 참기 힘들며, 괴기스러워서 뒤라스 옆에서는 자기 삶을 멈출 때만 현실의 삶이 있을 뿐이다. 만약 내가 내 삶을 살고자 한다면, 내 삶을 움직여나가야 할 기회를 갖고자 한다면, 내 운명을 완성해나가야 한다면 나는 그녀가 없는 곳에서만, 놀이 바깥에서만 그녀를 사랑해야 한다는 사실을 이해했다. 그것이 내가 그녀를 더는 만나지 않았던 이유다.

하지만 뒤라스가 내 삶에 완전히 부재했던 것은 아니다. 너무나 강렬한 그 빛 때문에 그녀는 모든 독자가 명백히 알고 있는 방식으로 친밀감을 투영했다. 그리고 또 다른 방식으로 그들을 그녀의 심오한 진실에 영원불멸하게 연결시켜준다. 이 매혹은 글쓰기의 기이한 힘이라는 신비스러운 연금술에서 생기는데, 갑자기 다른 사람을 삼키고 정복해버린다. 글의 이 이상한 힘, 갑자기 다른 것을 삼키는 신비한 연금술이 그를 사로잡는다. 또다시 황홀함……

1993년 10월에 우리는 나의 "긴 침묵"과 나의 "긴 부재"에 대해서 다시 이야기를 나누었다. 그녀는 자신에게서 나를 빼앗아간 많은 것, 그러니까 우리를 만날 수 있도록 했지만, 또 갈라놓기도 한 글쓰기의 필요성에 대해, 그리고 지금 다시 우리를 만나게 해준 많은 것에 대해 이해하는 듯했다. 그녀 자신의 분명한 표현을 빌리자면 그녀가 자신의 필명을 가져왔던 프랑스 남동쪽에 있는 뒤라스라는 마을 옆에 있는 "폐허", 다시 말해 도나디유가의 큰 집을 선물하고자 했다. 왜냐하면 그 집은 지금 내가 살고 있는 곳과 멀지 않았기 때문이다. 그녀는 말했다.

"그 집은 틀림없이 폐허가 되어가고 있을 겁니다. 그 집은 당신 거예요."

그녀가 말했다. 그녀는 이런 식의 균형 없는 관대함으로

갑작스럽고 혼란스럽게 만들어버린다. 이것이 우리로 하여금 그녀가 미쳤다고, 또 사회로부터 벗어나 있다고 믿게 만드는 이유이기도 하다.

그녀 옆에 머물렀던 10월의 이 만남은 내가 뒤라스라는 마을에서 머물렀을 때 느꼈던 고독함과 우리의 기이한 우정을 보상해주었다. 우리는 거의 말을 하지 않은 채 오랫동안 손을 잡고 있었다. 단 한 번도 그녀에 대한 사랑을 멈춘 적이 없는 나와 이 노부인 사이에는 미지의 욕망이 맴돌고 있는 것 같았다. 그녀는 자신이 말하고자 했던 것을 이미 말한 적은 없는지, 간단히 말해서 했던 말을 반복하는 것은 아닌지 염려했다. 나는 그녀를 사랑했기에 아니라고 했지만 그건 거짓말이었다. 그녀는 나를 그녀에게 연결시키는 추억 속에서 혼란스러워하며 내게 우리가 연인이었냐고 물었다. 나는 다시 뒤라스의 전설 속으로, 그녀가 자신에게 다가오는 모든 사람, 즉 친구 같은 독자들을 참여시키는 텍스트의 구성으로 들어가는 듯한 인상을 받았다. 그래서 나 역시 그녀가 만들어놓은 이야기 속에 내 몫이 있다는 사실을 갑자기 깨달았다. 그 순간 나는 어둠 속에서 길을 튼 것 같았다.

겨울이면 이따금 나는 집을 공유하는 이들이 버려둔 옛 궁전의 정적 속에서, 그들 중 몇몇의 집에서 머물렀다. 뒤라스는 없었다. 하지만 그녀는 마치 거기에 있는 것 같았다. 그만큼 뒤라스는 그 장소들을 자신의 존재로 채우고 있었다. 『히로시마 내 사랑』의 여주인공 에마뉘엘 리바와 함께 있었던 것은 또 다른 방식으로 뒤라스와 함께 있는 것이었다. 에마뉘엘 리바는 로슈 누아르에서 거주했는데, 당시 자신이 알았던 알랭 르네와 뒤라스에 대해 이야기해주었다. 그뿐 아니라 대화가 쓰이는 방식과 작품이라는 마술이 다시 태어나는 방식에 대해서도 말해주었다. 작품에 자신만의 독특한 색조를 입히는 것은 바로 그것이다. 즉 겉으로 봤을 때 닫혀 있고, 환영적이지만 자아의 가장 깊은 곳에서 피어나 말하는 세계 말이다. 바다에서 보자면 남중국해로부터 이 북쪽 바다까지, 정박해 있다가 움직이다가 나뉘는 우연의 공간, 바다와 모래 사이에서, 기억과 망각 사이에서, 흔적과 사라짐 사이에서 만들어지는 헤어네트와 작은 섬과 같은 형태……

　로슈 누아르의 여자 관리인은 뒤라스를 만나고 싶어하는 방문객들을 종종 맞이한다. 그녀는 방문객들이 위층으로 올라가는 것을 말린다. 하지만 아주 노련한 사람들은 뒷문을 지나 큰 북을 피해서 책과 그들의 관계를 의미하며, 작품과 그들을 연결시키는 물건들을 몰래 가져다놓으러 간다. 그것은 조각이 새겨진 나무, 이상한 제본, 꽃다발,

텍스트, 편지, 콜라주 같은 것이다.

뒤라스에게 무관심하거나 뒤라스를 화나게 하는 사람들은 그들이 상상하는 것이 터무니없고 미신적인 숭배이며 자기네 수준으로 뒤라스의 텍스트를 더럽히고 왜곡하고 변질시키는 문학적 키치임을 절대 이해할 수 없을 것이다. 그들은 일부 사람을 지배해 몰상식하고 우스꽝스러운 행위를 하도록 하는 극단적 종교심이나, 대중의 경애 어린 비이성적 행동 앞에서도 똑같은 경멸을 드러낼 것이다. 여기서 뒤라스를 숭배하는 것이 비록 문제가 된다 하더라도, 그녀가 고대의 위대한 서정시인들을 둘러싼 신비스러운 반향을 일으킨다는 것은 인정해야 한다. 그것은 그녀와 함께 우리를 항상 델포이나 엘레시우스로 데려가는 것이며, 신탁을 발견한 이들의 우주적인 해석으로 데려가는 것이다. 이에 대해서 클로드 로이는 "뒤라지"라고 말했다. 이보다 더 잘 표현할 수는 없다. 영혼의 탐색자들을 부르고 또 불러서 그들에게 정체성을 되돌려주고, 그들을 보호하고, 지도책에서는 그 미지의 땅을 찾을 수 없어서 이렇게 이름을 붙인 것이니까.

트루빌에서는 창문과 발코니가 바다를 향해 있다. 바다는 회색빛이다. 아니 오히려 푸른빛이 도는 회색이다. 바다는 거품으로 가장자리가 접혀 있어 두텁고 풍부하다. 지중해와는 아무 관련이 없다. 바다는 항상 조류의 흐름에 굴복한 채 파도가 일으키는 반복적인 힘으로 모래와 반들반들해진 갑각류 껍질을 실어 나른다. 물의 끊임없는 혼합으로 파도는 모방할 수 없는 색채를 띤다. 그것은 신비를 포착할 줄 알았던 외젠 부뱅에게서나 혹은 진흙투성이로 무겁거나 혹은 상상의 메콩강에서만 볼 법한 모방할 수 없는 색채를 만들어준다.

그래서 뒤라스는 공공 수영장에서 거리가 있는 트루빌과 높은 해변을 그토록 좋아했다. 이 두 장소는 뒤라스가 영화 「오렐리아 슈타이너」에서 보여주었듯이 파도가 휩쓸려 들어가는 돌무더기를 향해 있기 때문이다. 엄밀한 의미에서 경치를 독창적으로 만드는 것은 그 경치를 그 자체로 빼앗아오거나 되찾아서 그 경치에 신화적이거나 전설적인 가치를 부여하는 이런 예술이다. 그녀가 표현하는 이것은 시작과 동시에 황혼에 속한 세계인데, 이것은 과학과 공상도시의 세계다. 발코니의 오른쪽으로는 연기를 뿜는 엘프에서부터 아브르까지 창고들이 늘어서 있고, 왼쪽으로는 마치 보루처럼 도빌 해변의 선착장들이 있다. 이 모든 자본주의적이며 파괴적인 우주는 "항상 새로 시작하는" 물의 탄생과 인접해 있다. 만들어졌다가 다시 허물어지는 모래톱들과 물의 흐름과 매장—『사랑』의 유령 같은 주인공들은 이렇게 태어나는 세계에서 걸어다닌다. 그녀의 작품 속에서 말했듯이, 오직 그 속에 "들어가는" 사람들만이 그 세계의 떨리는 움직임을 감지할 수 있다.

그녀 속에는 항상 뒤라스라는 스스로의 존재가 지닌 역동성을 대변하는 두 단어가 있었다. 그 두 단어는 "파괴하라"와 "태어나라"이다. 삶에 대한 명백한 성향과 "내가 한 모든 일을 부숴버리는" 이 격렬한 방식에 대해 그녀는 말했다.

"내가 앞으로 나간다고 하는 것은 내가 한 것을 파괴한다는 뜻입니다."

그녀를 정의하거나 이해하고자 한다면 그녀가 스스로에 대항에서 일으키는 바로 이런 내기에서부터 시작해야 한다. 친구와 텍스트와 연인, 상황들, 이 모든 것이 다시 시작됐으며, 내던져진다. 이런 계속되는 포기와 추방에도 불구하고 작품은 직조되고 실체를 가지며 긴밀성을 발견한다. 마르그리트 뒤라스의 삶은 불성실함, 배은망덕, 속죄하려는 충동, 미치광이 같은 이기주의, 스쳐 지나가는 유혹들, 설명할 수 없는 열광, 그리고 아주 빠른 실추, 차용한 후 곧 버려버리는 서술적 탐험의 흔적으로 나타난다. 그러나 그녀의 성실함만큼은 다음에 나타날 텍스트의 발판과 효소로 사용된다.

그녀는 밤이 되면 천천히 내려앉는 죽음의 충동과 하루가 시작되면서 다시 연결되는 삶의 소스라침이라는 대조로 인해 끊임없이 분열된다. 그녀를 지켜보는 모든 사람을 놀라게 하는 것은 바로 이런 생존의 힘이다. 그녀 속에는 죽음의 모든 부패를 거절하는 듯한 "생명력"이 있다. 바다가 실어 나르지만 해안에서 좌초되고 조수 때문에 멀리 실려가는 쓰레기 더미와 유사한 그런 "생명력" 말이다.

영화, 문학, 연극 등 그녀가 자신의 능력을 시험해봤던 모든 분야에서 그녀는 이런 "태어남"의 필요성에 대해 말한다. 「샤가」「네, 그래도」나 「광장」을 연기했던 배우들이 데뷔할 때도 그녀는 상투적인 말을 반복했다.

"여러분의 광기가 반짝였습니다. 여러분은 그것으로 타인의 성벽 뒤에 있는 것을 하마터면 파괴하고 변화시킬 뻔했습니다. 그것은 어떤 혁명적인 논쟁과 같은 것입니다. 다른 사람들의 숨은 광기와 비교해볼 때 그것은 어떤 혁명적인 논쟁의 가치를 지니는 것이죠."

"그들은 미쳤어요. 그들은 그 사실을 알지 못해요. 여러분 역시 미쳤어요. 여러분 역시 그 사실을 몰라요. 하지만 그들이 광기를 두려워한 반면 당신들은 그렇지 않아요."

"여러분도 그들처럼 단어로 가득 차 있습니다. 하지만 여러분의 상태는 여러분이 단어와 문장들이 지나가는 것을 보게 합니다. 한편, 말들은 문장 속에서 설렁설렁 지나갑니다."

"이런 자발성, 이런 대단한 나태함을 연기하세요. 그것들은 온전히 우리 사회 주변에 있습니다."

"신선함과 감동을 간직하세요."

"텍스트를 야수성의 상태에서 있는 그대로 작용시키세요. 모색하지 마세요. 심리 분석 없이 하세요."

"무엇보다 야성적이어야 합니다. 친절함이 없어야 해요. 중간색을 지워버리세요. 야생적이어야 하는 이유는 그것이 다시 다듬지 않고, 거칠고, 순수한, 재단되지 않은 크리스털 같은 존재들이기 때문입니다."

"「샤가」의 끔찍한 면을, 그가 외치는 야수성을 간직하세요."

외침과 억압되지 않은 유연함, 광기, 파괴하는 것, 야성적인 것, 뒤라스의 이 모든 일련의 장비는 1967년 말에 전개되었다. 이것은 그녀가 『모데라토 칸타빌레』와 『태평양을 막는 제방』에서 이미 틔웠던 싹을 결정체로 만드는 것인데, 1980년대에 펼쳐지고 풍성해졌다.

뒤라스가 내게 귀담아듣도록 했던 것은 모두 이런 근원에서부터 재발견되어야 한다. 모든 것은 사회가 갈 수 없는 그곳, 즉 기원의 융합 속에서 그리고 야생의 상태와 해방의 상태에서 되찾아져야 한다. 그녀는 말한다.

"그건 위반이에요, 당신은 지금 어떤 것을 향해 가는 중이잖아요."

이런 의미에서 작가는 궁극적이고도 중요한 목적에 도달한다. 단지 작품을 펴내기 위해서가 아니라 의미를, 그 자체를 위한 의미를 해방시키기 위해, 그리고 그 고유의 이야기 흔적을 다시 가져오는 것을 돕기 위해 길 위로 나가는 것이다. 어떤 길? 그녀는 말한다.

"내 몸의 가장 깊은 곳에 자리 잡은, 마치 신생아처럼 눈먼, 다가설 수 없는 비밀을 다시 만나도록 해주는 길입니다."

광기가 그녀를 떠나지 않는다. 그녀가 사회의 파괴자라는 점에서, 그녀가 깨진 시대에 뒤떨어진 수사학을 표현한다는 점에서 그렇다. 그리고 그녀가 탐험할 수 없고 거친, 그래서 종종 그녀가 주변의 메아리를 포착하는 문장을 표현한다는 점에서 그러하다. 그녀는 말한다.

"시간을 다시 그려야 합니다. 처음을 되찾아야 합니다. 그것은 아주 오래전의 언어가 되돌아오는 것과 같을 것입니다."

비평가들과 대부분의 독자가 뒤라스에 대해 갖는 불만은 뒤라스의 작품이 미학적 차원에서 완성된 작품이 되려

하지 않는다는 점이다. 이 중상모략자들이 완성되고 완벽한 작품으로 제시하는 것은 이를테면 스탕달이나 플로베르의 소설이다. 더구나 이들은 그녀의 소설에서 갑자기 독자 자신의 혼돈을 드러낼 수도 있는 연약함과 큰 변화를 거의 보지 못한다. 그들은 뒤라스의 텍스트들이 연쇄와 애매모호함과 "광기" 속에서 사물의 가장 비밀스러운 것을 말하고 있다는 사실을 알지 못한다. 그들은 뒤라스가 텍스트만으로도 광기, 신, 고뇌, 우회적인 자서전, 진실에 대한 탐색 등의 양상들로 인해 파스칼과 루소와 보들레르와 프루스트의 형이상학적인 긴 여정을 따라가고 있다는 것을 인정하기를 꺼린다.

그래서 그들은 빈정거림을 퍼붓는다. "마르그리트 뒤라스의 잎을 따면서."♟ "속물과 바보들을 위한 서투른 프랑스어 연극" 등이라면서 말이다. 좋은 취향을 가진 감식가들이 『연인』에 대해서는 그녀에게 축하를 보낸다. 그러나 『에밀리 엘』에 대해서는 으르렁거린다. 그녀의 모든 텍스트가 심연을 향해 애매하면서도, 잘 보이지 않는, 그리고 두려운 긴 여행 속에서 자아를 발견하거나 이해하려는 거대한 계획 속에 있다는 것을 인정하길 거부한다.

♟ 주간지 『르카나르 앙셰네』에서 빈정거린 것이다.

"공포"상태에 대해 많이 강조할 필요가 있다. 그것은 열광적이며 정열적으로 사로잡는 방식이다. 그리고 그것은 랭보가 쓴 「견자의 편지」에서처럼 그 모든 비밀을 기다리며 보이지 않는 것을 떠올리는 데 급급한 뒤라스만의 것이다. 이 용어 자체는 성성뿔性과 대단한 신경증에 속하는 것들인데 어쨌든 그것은 노래와 시를 폭발시킨다. 뒤라스는 바로 이런 애매함 속에서 횡단을 시도한다. 그 속에서 모든 시간이 개화한다. 흔적과 조각과 자취, 파괴의 이야기들이 시간의 침식과 폭력성을 더 잘 이야기한다. 마르그리트 뒤라스의 플라톤적인 동시에 값비싸고도 낭만적인 영향을 결코 이보다 더 충분히 말할 수는 없을 것이다.

작품은 떨리며 이데아의 세계 속에서 절망한다. 또 결코 실현될 수 없는 아름다움과 사랑과 통일과 정의와 공동체에 대해 한탄하며 운다. 이것에 대한 향수는 그녀에게 피할 수 없는 것처럼 보인다. 영화 「인디아 송」에서 델핀 세리그의 차가운 가슴의 이미지처럼 작품은 대리석과 같은 관념 속에서 응고되기도 하지만, 한편으로는 『연인』 혹은 더 나아가 『북중국의 연인』에서처럼 비틀거리거나 팽창되기도 한다.

이 거대한 작품을 시기별, 장르별, 학파별로 다뤄볼 수도 있다. 그러나 그것만으로는 충분하지 않다. 왜냐하면 진정한 설명은 다른 곳에서부터 가능하기 때문이다. 그 진정한 설명은 마르그리트 뒤라스 자신도 잘 설명할 수 없는 곳에, 하지만 그녀가 말을 반복하면서, 다시 말해, 그것을 가지고 자기도 모르는 사이에 시와 시편을 만들 정도로 연도처럼 여전히 서투르게 말하려 하는 곳에 있기 때문이다. 그녀를 만나면 "치명적인 권태"라고 말했다. 그러나 핵심은 오히려 주술과 같다는 것이다. 연도 같은 방식 말이다. 나는 거기서부터 어쩔 수 없이 뒤라스가 마르크스주의와 레닌주의 같은 도전적이고 타오르는 듯한 단언 앞에서 스스로를 보호하기 위해 던져버린 소심한, 겁 많은, 단 한 번의 비평이나 여러 개의 주석이 감히 찾아볼 수 없었던, 신성한 애태움으로 되돌아온다. 클로드 로이가 윤곽을 그렸던 뒤라스적 지형도, 즉 뒤라지는 그의 계시의 끝이 아니다. 그녀의 "경험 영역"은 여전히 바닥을 드러내지 않는 지역이다. 그것은 그 지역의 애매함 자체를 고정시키는 것이다. 뭐랄까? 그 영역의 부정성을 파악하는 것이다.

그녀의 글쓰기 방법에 담긴 의미를 이해하기 위해서는 뒤라스가 읽는 것을 들어야 한다. 그녀에게는 어쨌든 독서도 글쓰기처럼 대담한 계획이기 때문인데, 이 또한 동일한 욕망과 탐색으로부터 생기기 때문이다. 마치 그녀가 『바깥세상Outside』에서 말한 것처럼 텍스트는 아직 말해지지 않은 지대로 가는 것이다.

읽는 행위는 말을 분산시키지 않는다. 텍스트의 낱말들을 사라지게 하지 않는다. 텍스트를 바깥의 것과 연결하지 않는다. 반대로 읽는 행위는 마치 라신의 기도하는 인물들의 큰 몸집처럼 "검은 방" 속에 보존된 이미지로 데려가는 구심 작용의 역할을 한다. 즉, 읽는다는 것은 그 속에 마비된 "욕망에 도전하는" 이미지들로 다시 데려가는 중심 행위라는 말이다.

"당신은 라신의 인물들이 당신을 향해 나오는 것을 봤습니까? 나는 이렇게 말하지요. 밤에 내 침실에서 독서의 신비한 소리에 맞춰, 박자에 맞춰 갑자기 그들이 내 침실의 어둠으로부터 나와서 시간을 건너옵니다"라고요.

그녀는 자신의 독특한 쉰 목소리로 천천히, 그리고 그냥 봐서는 무기력한 목소리로, 식사 시간에 수도사들이 오래된 규칙에 따라서 신성한 텍스트들을 읽듯이 단조롭게 읽는다. 그녀는 문장과 단어들을 자르면서 그 단어들에 갑자기 다른 의미를 부여한다. 문장과 단어들을 예측하지 못했던 곳으로, 또는 다른 무한한 곳으로 보낸다. 그녀가 말한다.

"의미는 그 이후에 찾아옵니다. 의미는 나를 필요로 하지 않아요. 내 간섭 없이 독서의 목소리만이 의미를 만들지요. 이런 느린 구두법과 규칙을 위반하는 것은 마치 단어들의 옷을 벗기면서 차례차례 그 아래에 있는 것을 찾는 것과 같죠. 분리된 단어와 알아보기 힘든 단어들, 모든 관계를 벗어나서 버려진 개념처럼 말이죠. 가끔 문제가 되는 것은 나타날 문장의 위치입니다. 때로 아무것도 아니거나 겨우 한자리일 뿐이지만 그러나 열려 있어 붙잡아야 할 한 형태에 지나지 않은 것입니다."

이렇게 해서 그녀는 마치 검은 잉크의 바다인 「나이트호」로 떠나는 것처럼 텍스트에 놀라운 힘으로 변화를 준다. 그녀는 이것을 표현할 수 있는 놀라운 단어들을 가지고 있다.

"텍스트는 책이라는 빛 아래에서만 읽히지요. 낮의 빛은 쫓겨난 채로. "우리는 전기 불빛 아래에서 읽습니다. 방은 어둠 속에 있고, 책 페이지만 불빛에 비칩니다."

내게는 이처럼 그녀를 둘러싼 모든 것이, 그리고 그녀의 삶, 특히 텍스트를 극화하는 이런 방법이 어쩌면 마르그리트 뒤라스가 현대 문학에 기여한 것 중에서 가장 중요하게 여겨진 듯하다. 그녀는 순간과 말씀에 신성을 부여하고, 그것에 어떤 광채와 조명을 비춘다. 그녀는 오히려 그것들을 진부함에서 벗어나게 만들고, 그들의 통속적인 배열로부터 벗어나게 하는 "비추기"라고 즐겨 말한다.

그녀가 말한다.

"내가 방금 쓴 것을 들어보세요."

"당신이 받아쓴 것을 읽어보세요."

그러면 텍스트는 갑자기 다른 호흡을 지닌다. 서정적이면서도 시적인 차원에서 흔들리는 또 다른 템포를 지닌다. 우리는 자주 이 각운을 흉내 낸 낭독법을 조롱했다. 아무것도 아닌, 미지의 사람들, 파트릭 랑보 같다. 그러나 이러한 풍자가 이 모방할 수 없는 음악을 대체하지는 못했다.

그녀가 읽을 때면 그 어떤 시선도 분산되지 않았다. "텍스트의 광채"에 협력하는 그 어떤 외적 산만함도 없다. 오히려 특별한 영혼의 긴장과 "불확실성만 가지고 앞으로 나아가는" 목소리만 있을 뿐이다. 이 텍스트의 지대에서, "영도零度"에 가까운 어휘에는 어떤 불투명함과 그늘, 그리고 메아리들이 일어난다. "아주 모호한 것. 내게는 전혀 명쾌하지 않은 것, 여전히 그러한 것들. 그러나 내가 그대로 두고 싶은 것들, 그것들을 '분명하게' 하려는 어떤 의지 없이" 말이다.

그래서 그것은 이를테면 시 구절이 신의 현존 사실을 증거하는 샤를 페기의 단정적 투의 각운과는 반대로 드러난다. 그리고 모음 반복과 액어법 등 동일한 수사학적 방법에도 불구하고 뒤라스는 어떤 것도 단언하지 않는다. 오히려 눈이 어두운 두더지처럼 이 세계의 짙은 어둠 속에서 모색할 뿐이다. 그녀 앞에서 신은 분명하지 않다. 그러나 신은 이 밤의 끝에서 "잡아야 할 그 무엇이다. 어쩌면 너무 멀리 있는, 그 또한 한정되지 않은" 채로 말이다.

그래서 그녀가 펼쳐 보이는 열정으로 인해 셀린을 떠올릴 수도 있다. 하지만 그는 아무것도 아니다. 뒤라스의 광기는 그 어떤 것에도 견주기 어렵다. 공격의 중심이 없다. 그녀는 단어를 파생시키고 돌아서도록 만든다. 어떤 목표를 향해 단어를 데려가지 않는다. 거기서부터 그녀의 독서가 부추기는 버려짐과 상실의 느낌이 생겨난다. 어떤 지표가 필요하고, 만져볼 수 있는 믿음의 표시가 필요한 독자들에게 이것은 저항할 수 없고 참을 수도 없는 것이다. 높은 바다를 원하지만 나침반 없이 항해하는 독자들에게는 말이다.

이처럼 참을 수 없는 헐벗음과 난폭한 것을 살아 있게 만들어버리는 것은 거북하다. 그녀도 그 사실을 안다. 하지만 다른 어떤 선택이 가능할까? 그녀는 그것을 바깥으로 나아가는 것을 두려워하지 않는 사람들과 완강하고 비타협적인 사람들에게 호소한다. 항상 파스칼로 돌아간다. 그러나 스탈라그의 희끄무레한 섬광 속에서 아우슈비츠를 방문했을 파스칼이다.

나는 그녀를 처음 만났을 때부터 이 카타르의 힘을 감지할 수 있었다. 그녀가 타인을 응시할 때 던지는 시선 혹은 그녀가 그렇게도 자발적으로 동참해 수많은 진부함을 폭로하고자 하는 이런 시선을 일찍이 본 적이 있던가? 대개 그 시선은 마치 정면에서 질문을 던지는 것 같다. 사이공을 떠나던 열여섯 살 때의 시선, 눈꺼풀을 한층 더 무겁게 하고, 마치 안남 사람을 모방한 것 같은 시선이다. 도전적이고 유혹적이면서도 내면을 향해 완전히 돌아서는 시선이다. 오로지 평정심을 되찾고 마음을 가라앉힌 아름다운 노년의 몇 년만이 지닐 수 있는 물과 철의 시선이다. 그리고 청년의 우아함과 순수함으로 되돌아온 사이공의 어린 소녀의 유머 감각이 밴 시선이다. 혁명에 대한 호소는 전례 없는 폭력성을 띠며 울린다. 이런 독촉을 거북해하는 뒤라스의 대부분의 "거짓 독자들", 즉 그녀가 말하기를 "잘못된 이유로 그녀의 책을 읽는 사람들"은 그녀를 더는 참지 못하고 몰아내버린다. 하지만 뒤라스는 끈질기게 이런 "추이"의 필요성을 주장한다.

그녀는 동시에 두 가지 상태에서 존재한다. 그것은 명료한 세상과 유토피아라는 다른 세상이다. 한편으로는 『아르카디아』의 인도차이나의 추억 속에서 가장 잘 표현된 형제 공동체에 대한 "동물적인" 직관이다. 이 인도차이나에서는 젊은 베트남 여자들이 "거의 말이 없었으며……
그녀들은 서로 잘 어울렸고…… 비와 더위와 그녀들이 먹
는 과일과 강물 속에서 즐기는 목욕을 받아들였다. 겉으로
보기에는 매우 기본적인 감수성이다. 몸을 삼켜버리는 정
글 속으로 그녀의 작은오빠와 함께 사라질 때 느끼는, 그
리고 중국인 연인의 물세례", 마치 영세 때 부어지는 물처
럼 성인이 된 그녀의 몸 위로 흐르는 물 항아리 속에서 느
낄 수 있는 원시주의다. 다른 한편 그것은 맹금류의, 위선
자들의, 그리고 그녀가 항상 원했던, 인간으로 하여금 "완
벽하게 자신의 자유를 행사하고, 자신의 관대함을 행사하
게 했을" 코뮤니스트들의 격렬한 사나움이다. 그녀는 혁
명적인 정신이 앞으로 나아가기만 한다면, 모든 실패를 떠
안으면서 "나는 정치적인 유토피아를 믿는다"고 외친다.

그녀는 언제나 그곳에 서 있다. 그녀는 항상 자신이 판
단하고 관찰하고 분석하고, 욕설을 퍼붓고, 저주하는 세
계 편에 서 있다. 그녀는 그 세계를 애매하게 포기하면서
또 그녀가 증오하는 것과 화해하면서, 여전히 도발과 위험
을 안고 있는 모호한 포기 속에서도, 자신이 혐오하는 것
과 조금 노골적으로 어울리면서도, 다른 사람들이 가진 사
회적 태도를 비난하면서 그 속에서도 자신이 사랑하는 세
계의 편에 있다. 그리고 그녀는 『사랑』의 미친 주인공들이

사는 버려진 해변 쪽에 있다. 즉, 자아를 상실한 채 야성적이면서 열정이라는 혼돈에, 새로운 세상의 수동성 속에 빠진 주인공들 말이다.

"아무것도, 그 어떤 것도 후회하지 마세요. 모든 고통으로 하여금 침묵하게 하세요. 아무것도 이해하지 마세요. 바로 그 순간이 손이 일어나서 쓰는 지성의 순간에 가장 가까이 있다고 생각하세요."

1968년에 프랑스에서 다른 어떤 작가가 이처럼 모험정신, 즉 정복과 탐색의 정신에 호소했던가? 내가 내 또래의 친구들에게 그녀에 대해서 말할 때 그들을 매혹시켰던 것은 이와 같은 자발성이었다. 이것은 뒤라스의 젊음이었다. 이 젊음이 그녀로 하여금 틀림없이 그들의 질문과 절망과 욕망과 동시대의 것으로 만들었을 것이다. 그때는 부르주아적 소비, 상업적인 충분한 수입성 그리고 희망이 쇠진한 시기였다. 배후에서는 뒤라스의 잠재적 위협인 『파괴하라, 그녀는 말한다』, 그리고 재니스 조플린의 쉰 목소리, 레너드 코언의 훨씬 더 심각한 노래, 그리고 앤디 워홀의 지하 광란이 있었다. 어떤 사람도 그들의 말을 거의 듣지 않았거나 그들을 보지 않았다. 난롯가에서 웅웅거리는 퐁피두 대통령의 나른한 텔레비전 토론은 모든 것을 잠재우고 모든 것을 정화하려고 했다. 모든 고통을 진정시키고

자 했고, 모든 것에 대해 방부 조치를 하고자 했다.

그래서 나는 뒤라스를 그토록 좋아하기 시작했다. 그녀는 내게 유토피아의 숨과 혁명적인 호흡을 돌려주었다. 그녀의 말을 듣거나, 그녀가 자신의 배우들과 장면을 반복하는 것을 보거나 또는 그녀와 함께 저녁을 먹으면서, 특히 그녀의 작품을 읽으면서, 정의는 내릴 수 없지만 정신의 자유와 어떤 연관이 있는 지성이 있다는 것을 알았다. 다시 말해 그 지성은 모든 것을 극복하고, 완전히 자기 자신으로 가득 채울, 그리고 세싱의 진성한, 아주 무거운 의미로 그 자체를 가득 채운, 아주 무겁지만 날카로운 어떤 것이었다. 어떤 이론도 이 담론을 뒷받침하지 못한다. 그러나 그 지성은 유동적이며 가벼움에도 불구하고 단번에 사물의 한가운데까지 도달했다. 이것은 그녀 자신의 시선이 마치 화살처럼 자기 맞은편에 실제로 누가 있는지를 감지하는 것과 같은 방식이다.

어떤 작품의 힘은 그녀가 작가라는 자신의 존재 자체에 완전히 일치한다는 사실에 기인한다. 그녀가 독자들의 주변에서 유도하는 참여 또한 마찬가지다. 예를 들면 우리는 작가 자신의 작품과 아주 완벽하게 연결되어 있던 생텍쥐페리의 삶을 생각해볼 수 있다. 뒤라스도 마찬가지다. 그녀의 삶은 한 세기를 가로지르면서 ─80여 년간 펼쳐졌다

―하나의 서사시로 받아들여지며 하나의 전설처럼 만들어진다. 왜냐하면 그녀의 삶을 운명으로 변형하는 행위, 그러니까 거기서 어떤 기호들을 간파하고, 그 기호에 의미를 부여하고, 이런 존재를 가지고 사소하고 진부하며 익명적인 것 없이 신화로 만드는 행위가 되돌아오는 곳은 항상 자기 자신이기 때문이다.

작가가 자기 삶의 가장 작은 행위를 텍스트로 만들기 위해, 즉 연금술적으로 글쓰기로 변형하기 위해 그녀만큼 이용한 사례는 드물다. 이 삶의 주된 흐름, 그것은 바로 그녀의 어린 시절이다. 다시 말해 "끊임없이 어린 시절로 돌아간다". 이런 점에서 마치 그녀는 스탕달을 모방하면서 반복하기를 좋아한 것과 같다. 그녀의 어린 시절은 모든 것이 출발하고 또 되돌아오는 지점이다. 그뿐 아니라 모든 것이 설명되고 모든 것이 완성되거나 또는 파괴되는 지점이기도 하다.

『사랑』의 말 없는 인물들을 잠기게 하는 빛 속에서 그녀의 삶은 태어난다. 그녀가 말했다. "밤에 달빛 가득한 곳에서 우리는 태국의 숲을 마주한 채 방갈로의 베란다 위에서 밤을 읽었다." 여기서 뒤라스가 보낸 삶의 이야기가 시작된다. 예를 들면 라신의 텍스트들처럼 신성하거나 혹은 위대한 시적 텍스트가 시작되는 이야기들과 비슷한 수사학적 단언 속에서 말이다. 이렇게 단언하면서 뒤라스는 시간의 잠식에 종속되는 것을 세우거나 새긴다. 본래는 마멸과 무관심과 증오와 파괴에 바쳐졌지만 그러면서도 되찾아야 할 확고한 작품을 말이다. 반대로 작품은 분리되고, 약탈당하거나, 파괴되는 것을 끊임없이 합치거나 다시 연결하기를 시도한다.

이 계획은 대단하다. 그녀의 세 번째 소설의 제목인 『태평양을 막는 제방』은 아무런 소득이 없지만 계절이 찾아올 때마다 남중국해의 강력한 밀물에 저항하여 제방을 만드는 이상한 어머니의 이야기를 하는 작품이다. 하지만 이 작품은 시간이 흐름에 따라 글쓰기에 부여된 은유에 지나지 않는다. 다시 말해 기억이 서서히 사라지는 것을 막는 제방, 시간이라는 움직이는 모래에 저항하는 제방, 어떠한 희생을 치르더라도 쓰인 흔적을 위협하는 모든 것을 막아주는 제방 같은 것이다.

그래서 뒤라스의 작품을 연속성 속에서 읽지 않는 것, 그리고 그 견고한 짜임새의 흐름을 벗어나서 달리 읽는 것은 불가능하다. 어떤 스토리를 읽는 데 익숙해진 평범한 독자들에게 『에밀리 엘』이나 『푸른 눈 검은 머리』는 그 자체로 어떤 말도 하지 않는다. 그녀의 참고문헌 각각의 텍스트는 그녀가 죽고 나서야, 다시 말해 그녀가 글쓰기를 멈추고 나서야 더 의미를 갖게 된다. 마르그리트 뒤라스를 일반적으로 이해하려면 그 풍부함과 중요성을 이해할 때에만 가능하다.

왜냐하면 그녀에게는 글을 쓴다는 것이 살아가는 것과 동일하기 때문이다. 그녀에게는 오직 글을 쓰는 것과 사랑하는 것만이 있다. 그러나 이 두 가지는 '듣는다는 것', 그리고 그 듣는 것에 복종하는 것으로 해석된다.

뒤라스는 항상 그녀가 지을 수 있는 웃음의 한가운데로 돌아온다. 이 웃음은 그녀의 얼굴을 달리 비추면서 눈 가장자리를 거의 어린아이처럼 반짝이도록 한다. 그 웃음의 한가운데서 뒤라스는 스스로도 의미를 이해하지 못한 그것, 즉 글쓰기로 되돌아온다.

"삶과 병행하는, 글쓰기의 끊임없는 이 요구는 무엇이란 말인가? 이 평행선은 무엇인가? 모두에 대해서, 또 자신에 대해서 일으키는 이 근본적인 배반은 무엇이란 말인가? 이 치명적인 필연성은 무엇인가?"

나는 마르그리트 뒤라스만큼 글쓰기의 노예 상태 속에 있는 작가를 거의 보지 못했다. 그녀만큼 사회생활과 물질적인 생활에 대해, 그리고 자기 이력에 대해 그처럼 관심이 적은 작가를 거의 보지 못했다. 그녀는 약삭빠른 것과는 거리가 멀었다. 그녀에게 인터뷰를 요구하고, 책과 서문과 도움과 돈을 요구하기 위해 온 이들은 다른 사람들이다. 그들은 대부분 그녀를 헐뜯거나, 그들의 신문에서 "좋은 원고"를 만들기 위해 그녀를 이용했던 사람들이다.

따라서 뒤라스의 글쓰기가 닻을 내리고 있는 곳은 바로 그녀의 어린 시절이다. 출판된 각각의 책과 주어진 기사는 뒤라스의 어린 시절을 참조한다. 그리고 우리는 이 거대한 이야기를♟ 문서고에 넣는다. 그 속에서 우리는 단지 단절과, 그녀 작품의 장식 융단 속의 작은 배처럼 끊임없이 길을 나서고 또다시 나서는 최초의 장면만을 알아볼 뿐이다. 거의 어떤 작가도 뒤라스만큼 자기 존재의 단편적인 것에 대해 나르시시즘을 가지고 무례하게 빠져들지는 않았다. 거의 어떤 작가도 그녀만큼 어린 시절을 무대에 올리지는 않았다. 그렇다고 해서 우리가 아주 먼 곳에 있는 이 어린 시절에 대해 정말로 모든 것을 알 수 있을까? 사람들이『연인』에 뛰어든 것은 이 책이 공쿠르상을 받았기 때문에, 단지 그들의 호기심과 돈 때문에 그랬다. 하지만 이 책은 모든 것을 말해주거나 혹은 그 아무것도 말하지 않는다. 요컨대 문학 쪽에 서서, 다시 말하면 비밀과 신비 쪽에 서서

♟　한 집안 따위의 수세대에 걸친 연대기. 중세 스칸디나비아 문학의 전설, 영웅담.

전시하거나 수정한다. 많은 성인전에도 불구하고 아빌라의 성녀 테레사와 십자가의 성 요한은 또 얼마나 두터운가! 또 얼마나 여전히 침투할 수 없는 신비 속에 있는가!

뒤라스의 어린 시절에 대해서 이것만큼은 확실하게 이야기할 수 있다. 그녀의 어린 시절이 글쓰기를 허락했고, 관계를 다시 만들고, 일관성을 시도한다는 것 말이다. 글쓰기가 없다면 단지 존재의 불행만이 있다. 그것은 마치 자살처럼 절대적으로 그리고 전적으로 벌거벗은 불행이었다. 어린 시절은 탐탐♟처럼, 또는 그녀가 말하기를 여기, 종이 위에 투사된 분산된 상태의 심장처럼 울린다. 강, 메콩강, 그리고 그곳의 정크, 그곳의 부름, 웃음, "그곳의 새와 거꾸로 등심초 들판까지 거슬러 올라가는 바다의 노래", 게, 물소, 논밭에서 진흙 속을 걸어가는 베트남 사람들, 초가집과 향신료의 향이 나는 골목길, 한 번도 "안녕, 잘 잤니, 새해에 행운을"이라고 인사하지 않는 화석과도 같은 가족, "논의 방랑자"인 엄마, "루베의 마리 르그랑", 그리고 특히 여섯 살에 망고나무 위로 올라가면서 열네 살에 코끼리 산맥♟의 논에서 표범을 죽인 작은오빠. 마지막

♟ 청동제의 두꺼운 원반을 채로 쳐서 소리 내는 징.
♟ 캄보디아의 카르다몸산맥.

으로는 "잘생기고, 남성적이며, 발렌티노와 같은" "악의를 지닌" 그리고 "양심의 가책이 없는" 큰오빠, 잘생겼고, 여자처럼 아름다운, 육체적인 사랑, 단지 그것, 육체적인 사랑만 아는 중국인 연인……

어린 시절은 여기서 끝난다. 그것은 유명한 "검은 방" 속에 엉켜 보존된다. 심장의 간헐적인 리듬을 따라 떼어낸 낟알들이 그녀의 소설에서 간접적으로 반영된다. 기사와 대화의 우회적 표현을 통해서 단편적으로 고백되거나 또는 어두운 기억의 보관소에 다시 놓는다. 하지만 이 어린 시절은 나이트호처럼 속력을 내 점차 모든 작품을 차지한다. 결국에는 실제 사실보다 더 진실하다. 그래서 더 보편성을 얻는 시적 진실 속에서 어린 시절은 마침내 복구된다.

퇴폐한 유년기로부터 마르그리트 뒤라스의 작품이 솟아나고, 모든 영감과 감정이 생겨난다. 그런데 독자들도 각자 그 퇴폐함의 상태를, 회복할 수 없는 상실의 고통을 경험했기 때문에 그녀가 말하는 내용이 자신에게, 자신의 가장 억압된 부분에 대해 말하는 것이라고 여긴다. 그녀의 매혹을 어떻게 달리 설명할 수 있을까?

1993년 3월에 나는 카라카스에 있었다. 거기서 나는 베네수엘라의 영화 연출가들과 프로이트학파 학생, 문학을 공부하는 학생, 그리고 거대한 국립도서관의 독자들에게

일주일 동안 매일 저녁 뒤라스에 대해 이야기했다. 논쟁할 때마다 나는 스스로 놀랐다. 참석한 방청객들의 무의식 속에서 배회하는 이 텍스트들이 그들의 침전물을 가라앉혔고, 그들의 욕망을 살지웠을 뿐만 아니라 그것을 자극했고, 또 다른 욕망들을 불러일으킨다는 사실에 대해서 말이다. 마치 뒤라스의 작품을 읽는 독자들이 어떤 문화권에 있든지 방목장으로 넘겨진 뒤라스의 작품은 그들의 자아의 더 내밀한 차원에 속하며, 그래서 모두에게 친숙해진 것처럼 말이다.

우리는 모든 대륙에서, 그리고 종종 동시에 많은 독자가 그녀에게 경의를 바친다는 데서 뒤라스의 보편성을 가늠할 수 있다. 그녀의 글쓰기에 대한 유대감이 넘쳐나는데, 이 글쓰기는 자아의 가장 어두운 문제에 대답한다. 또 우리는 생브누아 거리에 있는 그녀의 침실에서도 뒤라스의 보편성을 가늠해볼 수 있다. 그녀의 작품을 번역한 해외 판본들이 바닥에 그대로 쌓여 온통 뒤범벅된 일종의 혼란 속에서도 말이다. 여기 모인 40개국 이상의 출판물들은 그녀가 존재의 가냘프고도 무게감 있는 노래를 들려주기에 이르렀다는 사실을 증명하는 듯 보인다. 방은 이상한 영묘를 닮았다. 거기서 책들은 봉헌물일 수도 있다. 그리고 갑자기 그 방에 찾아들어 마음을 움직이는 무언가가 있다. 그것은 가슴을 두근거리게 하는 동시에 괴기스럽고 기이한 것이기도 하다. 그것은 마르그리트 뒤라스의 삶이 그녀로부터 이 책더미로 옮겨간 것처럼, 그리고 삶의 숨결이 그 책더미를 지나 다시 그곳으로 모이는 것처럼 두려움을 자아내는 그 어떤 것이다. 어딘가에 희생되고, 제공되고, 약탈당한 삶처럼 이 책도 마찬가지다. 그녀는 말했다.

"가끔 사람들은 내가 자살할 거라고 말하지요. 왜냐하면 글을 쓴다는 것은 스스로 죽는 것이니까요."

여기서는 삶이 유희의 장소와 같다는 이상한 인상이 지배적이다. 즉 뒤라스에게 글을 쓴다는 것은 죽는 것인데, 그녀는 항상 그 장소로 되돌아간다. 그녀는 주사위 놀이, 즉 파스칼식 내기로 되돌아간다. 그러나 세계 곳곳에 번역된 그녀의 책으로 가득 찬 방을 방문하도록 허락할 때는 마치 아직도 그녀가 노동의 풍부함과 깊은 상처 그리고 그 보상의 깊이를 보여주길 원하는 것처럼 전설적인 동시에 비웃음을 자아내는 뻔뻔스러움을 과시한다. 그녀에게 글을 쓴다는 것은 이 어린 시절에 대한 질문의 끝까지 가는 것이다. 글쓰기는 이 고독에 대답하는 것이며, 그녀의 어머니로부터 자신에게 가해진 버려짐에 대한 대답이며, 다음과 같이 말하기 위한 것이다. 즉, '이것을 어느 정도 이해하기 위해 내게 얼마나 시간이 필요했던가를 말하고자 함'

이라고 말이다. 또 그녀가 전적으로 어머니에게 어울리지 않는 존재가 아니었음을 그녀의 어머니에게 보여주기 위한 것이다.

그래서 우리는 삶의 어떤 순간에 그녀를 필요로 했던 혼란스러운 이 꿈에 대해 생각한다. 그것은 베란다 아래에서 어머니가 피아노를 치던 식민지의 집이다. 성인이 된 마르그리트 뒤라스는 그 집으로 들어간다. 거기서 어머니를 본 뒤라스는 놀란 채 이야기한다. "어떻게 이럴 수가 있지? 어머니는 돌아가셨잖아요?" 어머니가 대답한다. "내가 너에게 그렇게 믿도록 했지. 너에게 그 모든 것을 쓰도록 허락하기 위해 말이다." "모든 것"은 어머니의 의지에 반해서 쓰였다. 그것은 어머니에 대해 반항하는 죄였다. 과시하지는 않았지만 다른 사람에게는 어쩔 수 없이 조리가 맞지 않는 가운데서 뒤죽박죽인 듯 보이는 "그 모든 것"을 그녀는 꿈을 통해 씻어버리고자 했다. 마치 거기서 놓여나기를 시도하는 것처럼 말이다.

이상한 첫 만남 이후 일종의 설명할 수 없는 마술처럼 내가 그녀에게 연결되어 있으리라는 게 아주 분명히 보였다. 그리고 실제로 내가 세상을 보고 느끼는 방법과 그것을 이해하고 글을 쓰는 방법 등은 전적으로 뒤라스에게서 왔다. 피할 수 없는 만남이 삶의 나머지를 요구했던 다른 많은 사람에게 그랬던 것처럼 내 방법에도 그녀의 인장이 찍혀버렸다. 그럼에도 불구하고 나는 그녀로부터 떨어져 나와야 했다. 사람들과 접촉해야 했다. 여행해야 했으며, 다른 지성들을 알아야 했고, 또 다른 사랑들도 만나야 했다. 그러나 마치 『감정교육』의 주인공인 프레데리크 모로가 항상 마리 아르노에게 마음이 빼앗겨 있었던 것처럼 뒤라스에 대한 추억은 그 모든 것을 무미건조하게 만들어버렸다.

해가 지나고 수십 년의 시간이 흐르면서 나 자신에게 스스로 강요했던 침묵과 불성실함에도 불구하고 뒤라스는 내게 대답했고, 나를 경주장 바깥으로 데려갔다. 뒤라스는 스스로 질문하도록 했을 뿐만 아니라, 나에게 글을 쓰도록 강요했다. 마치 이 끔찍한 동시에 경이로운 노동, 즉 글쓰기, 여전히 글쓰기 말고는 다른 출구가 없다는 것처럼 말이다. 하지만 나로 하여금 모든 관습적인 교육에 저항하도록 하는 이러한 그녀의 깨우침은 일종의 풀려난, 무정부주의적인, 야생의 자유 속에서 자기도 모르는 사이에 실행된다. 이것은 새로운 소크라테스식 방법을 닮았다. 여기서 독재와 교조주의는 배제된다. 그녀는 오로지 텍스트에 의해서만 사물들을 불타는 가슴속으로 데려간다. 거기서 태워져야 한다. 앞으로 나아가기 위해서는 거기서 파괴되어야 한다. 위반에 대한 그녀의 교육은 부르주아들에게서 그녀에 대한 완강한 증오를 불러일으키기에 충분하다. 『아반, 사바나, 다비드』의 시기부터 오늘날까지 여전히 그녀는 그 점을 자랑스러워하고 있다. 그러나 그녀는 마침내 상처를 인정하기에 이르렀고 "왜?" "왜?"라며 고통을 부르짖어야 했다. 마치 그녀가 거기서 일종의 고통의 완화를 발견하는 것처럼, 그럼에도 불구하고 그녀는 거기서부터 단지 폭력과 혼돈에서부터 벗어난 것처럼 말이다.

마르그리트 뒤라스 옆에 있다는 것은 그것이 텍스트를 통해서든 육체적으로 그녀 옆에 있는 것이든, 육체의 가장 가까이에 그리고 욕망의 가장 가까이에 있다는 것을 의미한다. 그 많은 예의와 점잖음 속에서도 그녀가 보여주는 모든 것에는 본능과 완전히 헐벗은 욕망의 힘이 남아 있다. 다른 작가들, 심지어 가장 위대한 작가들조차 항상 문법과 아름다운 산문과, 이야기의 어떤 순간, 휴식, 스스로를 보여주는 방법에는 예의를 갖춘다. 뒤라스에게는 그런 것이 전혀 없다. 모든 것은 간신히 솟아오른다. 점점 더 간신히 벗겨진다. 그래서 1980년대의 텍스트들은 참기 어렵다. 『대서양의 남자』『죽음의 병』『고통』『파란 눈 검은 머리』등이 그렇다. 뒤라스가 라신과 가깝다면 그것은 그녀가 이러한 관습적인 것과 사회의식을 포기하기 때문이다.

나는 『에밀리 엘』을 읽거나 「나이트호」나 「오렐리아 슈타이너」나 「세자레」를 볼 때 그 어느 때보다 더 라신의 노래와 침묵을 잘 이해하고 들을 수 있다.

왜냐하면 거기서 열정은 그녀의 길 위에 있는 모든 것을 뒤엎고 거대한 구멍을 열어 보이며, 재앙에 자리를 내주면서 폭발하고 있기 때문이다. 그녀는 말하곤 했다. "우리가 육체라는 말을 들었을 때 나는 그것을 욕망이라고 말할 겁니다. 이것은 그 자체로 거역하지 못할 절대적인 것이죠. 우리가 들었을 때 어떤 지점에서 육체는 울부짖을 수도 있고 모든 것의 입을 다물게도 할 수 있으며, 삶 전체, 밤, 낮, 모든 행위를 가져갈 수도 있어요. 만약 우리가 이런 형태를 지니는 육체, 즉 육체적인 열정을 알지 못한다면 우리는 아무것도 아는 게 없어요."

그럼에도 불구하고 욕망의 외재성과 특권을 부여받은 듯한 육체의 폭력성에는 견줄 만한 그 어떤 것도 없다. 그러나 그것은 이런 탐색을 통해 실존적일 뿐 아니라 정신적인 존재를 만들어내면서 가장 어두운, 그래서 지성으로부터 가장 먼 형태를 정복할 수도 있을 고대를 모방하는 것이기도 하다. 이런 의미에서 뒤라스는 사드나 바타유보다는 기독교 신비주의 신학의 심오한 교리를 전수한 사람들과 더 가깝다. 육체의 벌거벗음과 욕망의 날카로움은 끊임없이 내적 인식에 가닿는다. 욕망은 존재에 합쳐지며 본질적인 질문을 발견하기 위해서만 거친 존재를 필요로 할 뿐이다. 그래서 뒤라스는 작가의 육체가 죽음과 삶 사이에서, 소란과 침묵 사이에서 호소하는 욕망의 육체라고 항상 단언한다.

그녀는 릴케가 "열림"이라고 생각했던 작품으로 들어가면 들어갈수록 언어의 찢긴 부분과 이미지의 솟아오름, 그리고 예기치 않은 것, 갑작스럽고 야만스럽게 오는 것의 중요성을 인정했다. 그녀는 이것을 초현실주의가 그녀에게 준 영향 중 하나라고 고백했다. 이렇게 해서 글쓰기는 그녀가 끝없는 어둠 속의 내적 혼돈에서 뽑아낸 것이다.

이처럼 치명적이면서도 지치지 않았던 탐색은 그것에 필요한 의식이 폭력적이고 급진적인 만큼 놀라운 힘을 낳는다. 또 뒤라스로 하여금 그토록 여러 번 죽음을 피해 통과해 나가도록 한다. 술, 사랑에의 욕망, 특히 "절대의 조리법"과 같이 여겨지는 글쓰기의 노동, 전설처럼 다시 읽히는 존재, 이런 것들은 마르그리트 뒤라스에게는 특별한 이유가 없었다. 그러면서도 그녀는 자신이 끔찍한 밤—이 단어가 지닌 신비적 의미에서의 밤—을 향해 나아갔다는 것을 안다. 그러나 위대한 소설 속 주인공들의 그것과 유사한 그녀의 어두운 잠수는 그녀를 쓰러뜨리지 못했다.

1988년에 우리는 그녀가 여러 달 혼수상태에 있었다는 사실을 떠올릴 수 있다. 그녀가 깨어났을 때 그녀를 만나지 못하고 병원 접수계에 꽃다발이나 편지를 맡겨두었던 그녀의 친척과 친구들에 의해 지켜졌던, 그녀가 겪은 이상한 삶에 대해 이야기해야겠다.

그때 나는 병원 가까이에 살았기 때문에 그녀의 건강을 염려해 익명으로 병원에 자주 드나들었다. 그리고 성에로 차갑고 뻣뻣해진 겨울날 이른 아침, 거기로부터 아주 가까운 병원에서 내 아들이 태어나던 날, 나는 그녀가 누워 있는 창문 아래로 갔다. 마치 그 행위를 통해 그녀에게 삶을 주고 싶었던 것처럼, 그리고 그토록 보이지 않는 것을 믿던 그녀에게 한 아이의 탄생을 알리고 싶었던 것처럼, 마치 세계의 "협잡" 속에 순수의 스캔들과, 또 다른 혁명적인 희망을 알리고 싶었던 것처럼 말이다. 이처럼 내적이면서 의식적인 행위들은 뒤라스의 작품과 그녀의 인격이 초래하는 것이다. 그것은 세계의 고통과 진부함과 정신적인 빈곤함 속에서 복구되는 신성함과 같다.

1970년대경부터 시작된 소설작품에 대한 "혹평"에서부터 우리는 마르그리트 뒤라스가 그 "본래의 무질서" 속에서 어디로 가는지를 이해할 수 있었다. 왜냐하면 그녀가 말한 대로 "사람들은 그들의 체험이 머리에서 떠나지 않기 때문이다. 그들이 하는 대로 내버려두어야 하기" 때문이다. 이처럼 항상 알고 있는 형태를 포기하고 단념해버리는 의지는 그녀를 비전형적 소설가로 만든다. 우리는 요령과 책략을 수단으로 삼아 그것을 닳을 때까지 사용하고, 상상력을 상업자본처럼 활용하고, 결코 재창조하지 않는 작가들을 잘 알고 있다. 뒤라스는 어떤 것도 그녀를 두렵게 하지 않는 것처럼 한다. 그래서 그녀는 자신을 미쳤거나 보잘것없다고 주장하는 많은 사람에게 오히려 두려움을 자아낸다. 나는 뒤라스의 걸음을 지연시키거나, 그녀의 영향력을 감소시킨다고 생각하면서 그녀를 끈덕지게 괴롭히는 비평가들을 알고 있다.

그런데 글쓰기에 굴복해버리는 이런 방식이야말로 작품에서 신비스러운 특성을 끌어내며, 작품에 이상한 울림을 가져다준다. 그것은 귀를 기울이는 것과 관련 있다. 그녀가 말하기를 글쓰기 속에는 위에서 당신에게 오는 것을 듣는다는 게 있는데, 이는 아주 단순하게 말해보자면 틀림없이 체험의 덩어리다. 이 "체험 덩어리"는 절대적으로 비논리적인 것 속에서 떠오르며, 목록화되지 않는다. 이것은 "비합리적인" 것인데, 그녀는 진실의 다른 힘을 지닌 기억이 스스로 말해지도록 내버려두면서 이 비합리적인 것을 스쳐가는 그대로 포착한다. 핵심은 가능한 한 정확한 기억을 모으거나 또는 체험에 의해 남겨진 것을 축적하는 데 있지 않다. 중요한 점은 그저 침묵을 듣는 것인데, 이것은 갑자기 밀고 올라오는 "내적 그늘"을 예감하는 것과 더 관련 있다. 마치 태어나서 나가기를 요구하는 아이를 느끼듯이. 이렇게 해서 뒤라스를 읽을 때 우리는 육체의 민감한 것, 달리 말하면 우리가 욕망이라고 부르는 것과 가장 가까이 있게 된다.

무의식과 작품은 같은 차원에 있다. 그녀는 "빨리, 빨리, 우리는 그것이 어떻게 자기를 향해 오는지 잊지 않는다"고 말한다. 바로 그곳이 그녀가 작업을 하는 곳이다. 즉, 그녀는 빛으로 데려가는 자아라는 고문서 속에서 일한다. 그것은 어쩔 수 없이 광기로 귀결되는데, 그 점에서 무엇보다 오르페우스적인 작업이다. 왜냐하면 "내적 그늘"을 빛으로 되가져가려고 시도하는 것은 의식의 동요 가까이로 스쳐가는 것이며, 그녀의 머리를 "하나의 여과기"로 느끼는 것이기 때문이다. 이야기를 할 줄 아는 동시에 글 쓰는 것의 신비를 이론으로 정리할 줄 알며, 또한 글쓰기라는 현상과 그것의 메커니즘을 조명하는 작가는 드물다. 그녀에게는 이야기에 대한 지적인 설명과 이야기라는 이 두 가지가 동시에 이루어진다.

"내가 글을 쓸 때면 기능을 멈추고 침묵하는 어떤 것이 있다. 나는 내 속의 어떤 것이 우위를 차지하도록 내버려 둔다. 틀림없이 그것은 나의 여성이라는 존재 상태에서 분출하는 어떤 것이다. 반면 나머지는 다 침묵한다. 분석적인 사고 방법, 공부하고 읽고 경험하는 동안 대학에서 차근차근 주입한 사고 작용은 침묵한다. 절대적으로 나는 그것을 확신한다. 마치 내가 늘 야생의 지대로 돌아가는 것과 같다."

사회적으로 또는 정서적으로 참조할 만한 지표가 없다는 것, 이처럼 순수한 버려짐의 상태, 부재, 순수하게 신비주의적인, 따라서 신경증과 은총 사이에, 수도원 경내와 은신처 사이에 있는 교회의 성녀들에 견줄 만한 것! 바로 이런 것들이 독자를 거북하게 한다. 그렇다면 뒤라스를 두려워하는 이들은 누구인가? 뒤라스는 바로 부르주아라고 말한다. 그들은 파괴 이후를, 혁명을, 말하자면 다시 시작하기 전에 우리가 지나가야 하는 철저한 어둠을 두려워한다. 그녀는 이처럼 밝음을 서두르는 것은 유치하면서도 불쌍한 것이라고 말한다.

그들의 눈앞에서 미지의 것이 움직이고, 드러나고, 교리적인 질서를 불안정하게 만들고, 전례를 방해할 때, 교구의 신자들과 제도도 그녀를 거부한다. 또 사람들이 그들이 꼭 원하지 않았던 밤을 어쩔 수 없이 인정하면서 마치 피가 흐르는 경기장에 자기 삶을 던지면서 사나운 투우 떼를 마주한 투우사처럼 밤으로 빠져들 때도 마찬가지다.

내가 그녀를 만났던 1994년 어느 날 저녁에 그녀는 그 토록 많은 증오와 고독의 이유에 대해 자문했다. 그녀는 걱정으로 어쩔 줄 몰라 했다. 이 "왜? 왜?"라는 질문은 낭만주의 작가들의 질문을 생각나게 했다. 대답이 부재한다는 사실이 그 질문들을 "순수한 흐느낌"의 밤으로 돌려보냈고, 그녀에게는 비극적인 여주인공의 분위기를 만들어냈다. 그녀는 마치 많은 측면에서 다른 사람의 몰이해와 그들의 거부 속에서 생매장을 당한 안티고네와도 같다. 내게는 그녀가 자신을 마주한 채, 세계의 차가운 고독 속에 빠져 있는 것처럼 보였다.

우리는 막연히 그리고 일반적으로 그녀의 정신적인 가족들에게 합류해보고, 그 가족에게 가까이 다가가보고, 친숙하다고 느낄 수 있다. 예를 들면 밤에 이끌린다는 점에서 그녀가 닮은 생텍쥐페리에게는 테이야르 드 샤르댕과 장 드 라 크루아가 그러하다. 그리고 마르그리트 뒤라스에게는 언제나 그렇듯이 여전히 파스칼이다.

나는 내가 보기에 가장 위대하고 광활한 파스칼을 뒤라스가 좋아한다는 사실이 좋다. 그녀는 파스칼처럼 세계의 오락에 대해서는 적대적이다. 그녀는 끊임없이 파스칼도 손을 댔던 내기, 즉 무한에 대한 내기를 시도한다. 절대의, 신이라는 동전은 어디에 있는가? 고통을 인정하는 것 속에? 아마 모든 것은 아니지만 계속해서 살아갈 이유를 줄 글쓰기를 인정하는 것 속에 있는가? 그렇지 않다면 글쓰기를 왜 계속해야 하는가?

그녀도 포르루아얄♟의 카타르인만큼이나 비타협적이다. 그녀는 어떤 교리문집에도 서명하기를 원치 않았다. 그녀는 스스로 몸담고 있는 제도를 고발한다. 그녀가 가입했음에도 불구하고, 그녀에게 복종과 성실함을 요구하던 공산당을 고발한다. "그들은" 그녀가 대열 속으로 다시 들어오기를 원했는데 그녀가 정치적, 지적, 도덕적 타락이 지배하는 "생제르맹 데 프레의 나이트 클럽"에 빈번히 드나드는 것을 비난한다. 당시 노동자층과 그 구역의 정직한 지식인들은 기운차게 그리고 정당한 명목으로 "생제르맹 데 프레의 나이트 클럽"을 비난했다(1950년 3월 8일 마르그리트 뒤라스에게 보낸 당의 편지). 하지만 뒤라스는 큰 소리로 발설된 이 위협에 대해 오만하게 대답했다. 그녀는 공산당 투사들에게 "당신들은 스스로의 '폐쇄된' 침묵 속에 갇힌 자폐증 환자들입니다"라고 거만하게 대답한다.

♟   프랑스 시토파 여자 수도원.

그러고는 가톨릭교회의 위선을 고발하는 파스칼처럼 그녀는 자신의 리듬을, 델포이 선언의 리듬을 찾아낸다. 말은 그토록 숱하게 기만당하고 상처 입은 채 주술과 서정미로 돌아간다. 수용소, 거짓말, 스탈린주의의 술책, 정복 전쟁, 이 모든 것이 진실을 폭로하는 『시골 친구들에게 보내는 편지』에서처럼, 세상 앞에 내던져졌다.

뒤라스는 파스칼로부터 그녀를 완전히 관통하는 욕망의 전율을 가져온다. 그녀를 떠나지 않는 이 욕망의 전율은 그녀에게 결코 휴식을 주지 않으며, 항상 그녀에게 질문한다. 파스칼처럼 그녀는 밤과 거대한 공간, 잃어버렸다가 잠시 봤거나 발견했지만 또다시 사라지는 믿음 앞에서 흐느낀다.

뒤라스는 파스칼로부터 욕망의 대담성도 가져왔다. 이 욕망의 대담성은 파스칼로 하여금 그가 자신의 신에게로 인도했던 작은누이 자클린을 가장 은밀한 말로 사랑하도록 했다. 그리고 뒤라스는 자신을 한층 더 이상하고 유별나게 여기도록 하는 위험을 무릅쓰면서 1992년에 『북중국의 연인』에서 작은오빠에 대한 사랑을 고백한다.

그래서 그녀는 거북스럽다. 그녀는 항상 스캔들과 고발, 그리고 마치 단두대의 칼처럼 떨어지고 마는, 폭력이 그 폭력의 증거 자체를 사납게 만들어버리는 고백의 언저리에 있다. 그녀의 미학은 파괴와 찢김의 미학이다. 그래서 그녀는 미국적인 삶의 방식, 즉 다시 말해 마약과 패스트푸드와 표준화된 경제와, 익명의 문화와 프롤레타리아들의 꿈을 고발하는 "잃어버린 세대"에 속한 미국인들과 더 가까이 있다. 그녀는 그들처럼 무한한 땅을 좋아한다. 특히 바다를 좋아한다. 해변과 논밭의 무한함을 좋아한다. 그리고 그녀가 인도차이나의 어린 시절을 가지고 만들어내는 내적 공간, 동물의 이름을 가진 큰 평원과 호랑이와 표범이 살고 있는 깊은 숲을 좋아한다.

그녀는 마치 그녀가 작업하기 쉬운 심리적 초상을 그리지 않고서도 영혼의 상태를 묘사할 줄 아는 것처럼 사실주의적인 묘사를 하지 않고서도 분위기와 풍경, 후끈한 열기를 재창조할 줄 아는 마술을 부린다. 그녀는 자신이 포착하는 섬세한 사실과, 아주 미세한 동기로부터 사물과 식물과 하늘의 영혼을 드러내 보여준다. 나는 습기와 싱싱한 식물에 잠긴 「인디아 송」의 축축한 새벽 정글을 생각한다. 이 정글은 사실 센강의 불로뉴 숲에 있는 인공비에 젖은 로칠드 성의 공원이다. 그리고 나는 천천히 공간을 쓸어가는 카메라를 생각한다. 나는 또 다른 '정글'인 그녀의 방을 생각한다. 거의 아무것도 없이 딱 필요한 것만 있는 방, 가구나 혹은 여분의 것 없이 일종의 안남족의 작은 방과 같은 공간이다. 아마 그녀가 중국인 연인을 만나러 갈 때 어쨌든 어린 시절의 베란다를 향해 있었을 것 같은 방들과 견줄 만한 그 방을 생각한다.

마치 마르그리트 뒤라스가 조금씩 가공된 것처럼 오늘날의 그녀는 전설의 끝에 이르렀다. 우리는 이 이야기를 소설의 서두처럼 시작할 수 있을 것이다. 어린 도나디유는 벵골 지방의 호랑이들을 염탐하면서 숲에서 망고를 먹곤 했다. 그들의 신체가 지닌 고양잇과의 감각적인 유연함은 칡과 수천 년 된 나무둥치들을 따라간 것 같다. 그녀는 어머니가 먹으라고 강요했던 그 노르망디의 사과들을 싫어했다. 어머니는 그녀에게 "안남 계집애, 이 더러운 안남 계집애, 하지만 넌 프랑스인이야, 프랑스인이라고" 하며 외쳤다. 마르그리트 도나디유♟는 자신을 어떤 한 민족이나 국가와 동일시하려는 어머니의 이런 분노를 결코 인정하지 않았다.

그녀는 무국적자도 아니었다. 오히려 그녀는 막연하게나마 안남인이다. 그녀는 이미 식민지화된 사람들 편에 있었다. 열대지방의 비가 사이공을 잠기게 할 때조차 덮개

♟ 마르그리트 뒤라스의 원래 이름. 뒤라스는 마을 이름에서 가져온 필명이다.

있는 작은 이륜 포장 짐마차를 밀고, 그 비의 무게 때문에 몸을 굽히고 거리를 종종걸음치는 사람들 쪽에 있었다. 그녀는 스스로를 그들처럼 느낀다. 그녀는 자신이 같은 얼굴, 이미 주름진, 그리고 몽골족 특유의 찢어진 눈을 가진 채, 버림받은 태도와 권력에는 무관심한 얼굴을 가지고 있다고 말한다.

그녀는 시간 속으로 나아간다. 그녀는 자신을 식민지 공동체에서 제외시켰던 중국인 연인에게 욕망을 느낀다. 그녀는 프랑스로 돌아간다. 그녀는 '그것', 즉 부재, 고독, 중국인과의 이별, 변하지 않고 가지고 있는 망고의 맛, 그리고 마음에 새겨둔 복수, 또한 스캔들에 대한 취향, 고발하고 싶은 욕망, 백인 식민지인에 대한 자신의 증오를 격식을 갖추지 않고 부르짖기 위해 작가가 되기를 원한다. 베란다 아래서 보낸 여름날 저녁들을 이야기하기 위해, 그리고 거지들로부터 나오는 가슴을 찌르는 듯한 노래와 아주 맛 좋고 놀라운 그리고 향기 그윽하며 무엇인지 모를 고기를 적셔 먹는 달콤하고 짠 소스의 맛을 이야기하기 위해서다.

그 얼굴은 천천히 중국인처럼 되어간다. 행동도 습관도 그러하다. 그녀는 자기 옷을 말아서 가져간다. 옷이 가방 속에서 자리를 덜 차지하도록 하기 위해 마치 사이공의 노파가 그러듯이. 그녀는 시들어가며, 나이를 모른다. 완전히 주름지고, 깊은 그리고 반짝이고 생기 있는, 꾀 많고 조소하는 듯한 그리고 질문을 하는 신중한 안남 여자의 눈을 가지고 있다.

그녀는 1994년 6월 5일 날짜의 편지 하단에 '사이공에서 태어난 숲의 여자 마르그리트 뒤라스'라고 서명한다. 그녀는 거기 사이공에서 자신의 진정한 정체성을 새긴다. 그녀가 그것을 완전히 확인하는 데 80년이 걸린 것이다. 바로 이런 독특한 행로가 그녀의 힘과 폭력성을 작품에 부여하고, 글쓰기를 보장하고, 모방할 수 없는 노래를 만들어낸 것이다.

그렇다. 만들어간다. 그녀는 이 자아를 만들어가고 마음대로 부린다. 그것을 해석한다. 그것 외에는 결코 얘기하지 않는다. 그녀 자신이 숨겨진, 하지만 항상 예감하는 자신의 이미지가 떠오르도록 하기 위해 자아를 샅샅이 뒤지고 계속 되씹는다. 고려해야 할 것은 그것뿐이다. 나머지는 속된 것이다. 독자들을 기쁘게 하기 위해 이야기와 소설가의 대단한 상상력에 의해 잘 정리된, 완성된 상황 같은 것들 말이다. 그녀는 끝없이 거만하게 이 스캔들을 고백한다. 그녀가 말했다.

"학교에 다닐 때 나는 쉽게 썼지요. 나중에 내가 2주 만에 소설을 써넬 수 있었을 때처럼…… '뮤지카'는 이런 문학적 영감에 속한답니다. 우리는 경험과 관찰과 감성의 첫 번째 자료인 자신에 대해서만, 자신에게서 오는 것에 대해서만 잘 쓰지요. 항상 파괴, 즉 글쓰기의 이유가 되는 이것을 겪어내야 합니다."

그녀는 어머니와 큰오빠 사이의 무제한적인 사랑에 대해, 어머니와 큰오빠를 연결시킨 이 끔찍한 사랑, 다른 사람의 눈에는 두드러지지 않지만 어린 뒤라스의 눈에는 명백히 보였던 사랑, 버려졌다는 아주 세미한 감성 속에서 포착한 이 공모에 대해 놀랐다. 어머니가 숨졌을 때 죽음의 침대 위에서 절망에 빠진 그 둘이 서로 주고받는 입맞춤 속에서 그녀는 이 공모를 확신할 수 있었다.

그녀의 글쓰기는 항상 자신이 배제되어 있었기에 치유받을 수 없는 사랑, 단지 그 사랑만을 상기시킨다. 그것은 이별, 세계에서 자아를 상실하는 것, 파멸, 마치 대지와 논밭을 따라 펼쳐진 모래 제방을 점령해 들어오는 남중국해의 물결처럼 희미해진다.

그녀는 자신의 연약함에서 힘을 끌어내는데, 이 에너지는 그녀의 거만함과 무례함, 그리고 그녀의 확신 때문에 다른 사람의 눈에 그녀를 무섭게 보이도록 만든다. 그녀는 이 확신을 그녀가 말하는 모든 것에서 과시하고, (우리를)

깜짝 놀라게 한다.

어느 날, 미셸 레리스가 죽기 얼마 전 내가 그를 방문했을 때 그는 뒤라스에 대해서 말했다. 그는 생브누아에서 그들이 비공식적인 모임에서 서로 만났던 때를 회상했다. 뒤라스에 대해 그는 그녀의 지성과 확신의 힘과 그녀의 저변에 숨어서 그녀로 하여금 앞으로 나아가게 만드는 이 폭력에 대해서만 기억하고 싶어했다. 그는 이미 옛날에도 그렇게 말하곤 했다. 전쟁 후 그녀는 그렇게도 폭력적이면서 비타협적이었다고 말이다. 그러나 그가 보기에 그것은 뒤라스의 결점이 아니었다. 레리스는 뒤라스에게 다가가는 사람들을 항상 겁나게 했던 것은 그녀가 지닌 어두운 완고함이라는 전체 개성임을 상기시키고자 했다. 심지어 텔레비전 카메라 앞에서 가장 익숙한 사람들조차 그녀가 보여주고 들려주는 것, 침묵, 또 다른 분위기, 비밀스러운 폭력 앞에서는 주눅이 든다. 그들은 갑자기 당황하며 자신들의 방송을 잘 통제하지 못한다. 어떤 것들을 손에 쥔 채, 거꾸로 질문하고, 심지어는 장난기를 섞어 거북한 질문을 하며, 역할을 바꾸면서 도전적인 말을 던지는 사람은 오히려 뒤라스다. 그 가운데서 그녀가 말하듯이 "불가피한", 그리고 결정적인 문장들 가운데서 투명하면서도 화려한 문장 하나가 분출한다.

사람들이 그녀를 만날 때면, 그녀는 항상 조절해야 할 갈등과 우정과 배반의 이야기를 가지고 있다. 마치 마침내 얻은 유명세로 인해 그녀가 일상에 대해 특별한 관리를 해야만 하는 것처럼 말이다. 외국 학생들의 모임에서는 그녀의 텍스트 중 하나를 영화로 제작하고 싶어했다. 한 여배우는 그녀에게 배역을 달라고 요구했다. 사람들은 그녀에게 탄원서에 서문을 써주고 서명하기를 요구했다. 비평가들은 빈정거림으로 그녀를 여전히 공격하면서 동시에 거기에 기생한다. 그녀는 이를 악물면서, 그녀에게 숨 쉬기 위한 공기를 만들어주는 작은 노즐관을 한 손가락으로 쥔 채 기관절개술 때문에 어쩔 수 없이 생긴 쉰 목소리로 내게 말한다.

"그들은 내 작품에 영향을 끼칠 수 없어요. 어떤 것도…… 그 누구도."

그때 그녀는 끔찍한 공포를 자아낼 만큼 거의 믿기지 않는 힘을 펼쳐 보인다.

"잊지 마세요, 나는 여전히 코뮤니스트입니다."

나는 그녀에게 대답한다.

"오히려 테러리스트죠."

그녀가 말한다.

"바로 그거예요. 당신은 잘 알고 있군요. 테러리스트입니다. 맘에 들어요. 그거죠."

그러나 그녀는 한 번 더 집요하게 공격한다.

"그들이 어떻게 그렇게 할 수 있었을까요?"

여전히 질문은 되돌아온다. 그녀는 말한다.

"비즈니스, 돈 때문에, 오로지 권력 때문에."

그녀는 마치 『에밀리 엘』에서 "캡틴"이라고 말하는 것처럼 단어에 힘을 주면서 영국식으로 "비즈니스"라고 발음한다. 그녀는 덧붙인다.

"돈. 그것에 대해 더는 말하지 말아야 합니다. 지긋지긋해요. 그것은 우리를 더럽히죠."

그럼에도 불구하고 그녀는 그것에서부터 자유롭지 못하다. 그녀는 여든 살이다. 그녀는 아주 왜소하며, 허리가 굽었다. 그녀는 겨우 숨을 쉴 수 있을 뿐이다. 그리고 그녀는 마치 비극의 여주인공처럼 분노로 고함친다. 죽음이 그녀를 관통한다. 그녀는 죽음으로부터 결코 그리 멀리 있지 않다. 작품과 말은 항상 죽음과 살인과 극단적인 폭력을 스치며 지나갔다. 그녀가 말한다.

"주의해야 할 겁니다. 그들은 그들을 때려눕히는 나보다 더 성미가 까다로운 사람들을 만날 겁니다."

그녀는 마침내 자기 말의 장부를 떠난다. 그녀는 침대 가까이에 있는 중국인 연인의 큰 사진 곁으로 돌아온다.

"그는 잘생겼지? 그렇지? 가끔 나는 그에게 말하곤 해."

갑자기 그녀의 분노가 사라진다. 그녀는 아주 큰 자동차를 샀다고 내게 말한다. 나는 그녀에게 말한다.

"왜 그렇게 큰 차를?"

그녀가 대답한다.

"친구들을 산책시키기 위해서죠."

1993년과 1994년에 우리는 여전히 연약한 실루엣의 그녀가 자동차 안으로 사라지는 것을 볼 수 있었다. 그리고 파리라는 "정글" 속으로 떠나는 것을 볼 수 있었다. 얀 앙드레아가 운전을 한다. 함께 교통의 흐름 속으로 사라진 그 둘은 파리, 파리의 눈부신 아름다움을 재발견한다. 그녀가 「오렐리아 슈타이너」나 「부정의 손」에서 이른 새벽 시간에 매우 잘 찍은 영화 속에 나타난 파리의 눈부신 아름다움을 말이다.

"어떤 빛 속에서도, 어떤 계절에도, 그 어떤 시간에도 단연코 파리지요."

그녀는 도시와 교외에서 하는 이런 짧은 드라이브를 좋아한다. 그리고 "모든 게 도처에 있어서", 현장에 있는 것을 찾으러 갈 필요가 없다고 믿기 때문에, 마치 비트리에서, 그리고 쇼롱에서, 또 다른 베트남에서 사람들이 득실거리는 작은 길 위에 있는 것처럼, 광장에서, 인도에서, 도처에서 뛰어노는 한 무리의 혼혈 아이들과 함께 있는 것처럼, 보는 것만으로도 충분하다. 그녀는 운전을 더는 할 수 없다는 사실에 대해 몹시 힘들어한다. 얀 앙드레아에게 오른쪽으로 또는 왼쪽으로 가라고 지시한다. 마치 그녀가 구상할 수도 있는 이런저런 장면들을 포착하고, 최초의 이미지들을 파악하기 위한 것처럼……. 그녀는 다른 사람의 눈을 피해 얀 앙드레아와 함께 차 안에 숨어 있다. 그녀는 마치 세계에서 큰 "구시가지"와 메닐 몽탕의 시장에서 길을 잃어버린 것처럼, 그녀 자신이 이 세계적인 장소에 흩뿌려진 것처럼 존재한다.

도시의 외곽 고속도로를 선회할 때처럼 파리의 화려한 광채와 센 강변, 그리고 알렉상드르 3세 다리의 레이스 같은 실루엣과 콩코르드 광장 조각의 확고부동함이 생브누아가의 지나친 고독과 글을 쓴다는 노예 상태로부터 그녀를 벗어나게 해주는 것이다.

큰 자동차의 창문 너머로 그녀는 파리라는 도시의 올이 풀려나가는 것을 본다. 그녀는 거기서 익명의 고독한 군중을 본다. 이들은 "태초부터" "사랑받기로, 그리고 살아 있는 존재로 운명지어진" 이들과 유사하다.

그녀는 늘 오락가락하는 마음, 기이한 행동, 증오가 섞인 쾌활함, 현기증 나는 공허함 속으로 자신을 몰아넣는

진중함이 꿰뚫고 지나간 농담 취향을 지니고 있었다.

특히 마르그리트 뒤라스의 꾸밀 줄 모르는 솔직함은 그녀를 "순수"하게 만든다. 그녀가 결코 피하지 않는, 그리고 매일 대가를 치르는 위험에 대한 근접성. 이것이 바로 필리프 솔레르가 말했듯이 주술로, 지루한 반복으로, 장황한 설명으로, 숨을 헐떡거리며 글을 쓰고 말하면서 끊임없이 그녀가 불가사의와의 사투로 돌아가는 이유다. 마치 그녀 목의 열림, 산소병의 다급함이 이 신비주의적인 호흡을 강화하는 것 같다. 그녀를 압박하고 소멸시키는 호흡 말이다.

그녀는 확실히 신비주의적 성향을 지니고 있으며, 그래서 폭력적이다. 그러나 그 신비주의는 무정부주의적이고, 낭만적이며, 파문당한 사람의 흐느낌으로 흔들리는 신비스러움과 같다. 발화에 대한 수사학은 그녀가 끊임없이 수를 놓고 또 놓는 몇 가지 모티브 주변에서 유기적으로 구성된다. 독일, 그녀는 독일이라는 이 나라를 증오했다. 그녀는 또 서베를린 장벽이 몰락하기 전에 그녀의 몇몇 연극 작품과 희생 제물인 유대인과 스탈린주의와 강제포로수용소와 자본주의를 상연할 때조차 이 나라를 결코 방문하지 않았다. 그녀는 그 주변에서 배회한다. 그것을 죄와 쇼아로, 치유할 수 없는 것으로, 그리고 신의 진정한 죽음으로 받아들였다. 그때부터 신은 계시될 수 없었고, 기도의 대상이 될 수 없었다. 왜냐하면 그녀의 눈에는 그것이 신의 무관심과 추방의 증거로 보였기 때문이다. 언젠가 그녀가 말했다. "나는 아우슈비츠에서 무슨 일이 일어났는지를 알았다. 그 후 갑자기 모든 것이 내게 나타났다. 그리고 나는 지성에 눈을 떴다." 이때부터 뒤라스는 결코 아우슈비츠를 잊지 않았다. 단지 그녀의 남편인 로베르 앙텔므 때문만은 아니다.

그녀를 신비 사상 쪽으로 데려가는 것은 내가 아니다. 특히 막 만들어진 신, 그녀가 말하듯이 신, "이것"의 절대적인 공백 때문에. 그래서 뒤라스와 함께 우리는 항상 그에게로 되돌아간다. 그 사상에 대해서 다양한 형태를 빌려 강박적으로 말하기를 멈추지 않는 사람은 바로 그녀다. 나는 그녀의 어떤 부분이 나를 유혹하는지를 안다. 그것은 절대적 필요성을 가지고 시도되는 경계선에 있는 어떤 경험이다. 왜냐하면 "세계의 참을 수 없는 것", 인류의 불행에 대해 어떤 방법으로든 대답해야 하기 때문이다. 그녀가 신을 부정해도 소용없다. 그녀는 "검은 태양"의 반사 속에서 여전히 "위로받지 못하고" 있다.

그러나 신의 입김이 호흡하기를 멈추었던 헐벗은 시기에, 절대적 악이 만들어졌던 자리에서 쇼아가 일어나도록 내버려두었던 침묵의 신은 그럼에도 불구하고 여전히 그녀 안에 희미하게 존재한다. "그것은 확실한 규모를 가진 말이다. 그리고 우리가 무슨 말을 하든, 우리가 무엇을 하든, 위선으로부터 벗어나야 한다. 이 낱말이 말을 한다. 그것은 이해할 수 없는 말이다. 아주 모호하고 매우 불투명하지만 모든 사람에게 말한다."

그래서 신은 필요하면서도 결핍되어 있고, 인간의 기다림에는 대답하지 않으며, 사람들의 불행에는 무관심하게 존재한다. 소환되고, 추구되고, 탐색되고 무한이라는 가장 멀리 떨어진 곳에서 강요되는, 그리고 존재하지 않을 수 없는 신이라는 개념이 있다. 그녀는 그 사실에 대해서 확신한다.

대신 그녀는 글쓰기를 놓고 신과 내기한다. 그녀는 낱말들을 쫓아버리고, 문장 구조를 무너뜨리고, 언어를 흩어버린다.

"이야기. 그것이 시작되지요."

이야기는 바닷가를 걷기 전부터 시작되었다. 그것은 외침, 행동, 바다의 움직임, 빛의 움직임이다. 하지만 이야기는 지금 가시화된다. 이미 이야기는 모래 위, 그리고 바다 위에 심겨져 있다.

글쓰기! 그것으로 신에 대한 인식에 다가설 수 있으며, 창조와 시작의 신비를 꿰뚫을 수 있다. 아마 글쓰기는 가장 좋은 수단일 것이다.

"왜냐하면 글쓰기는 신과 관련 있기 때문이다." 그녀는 신이라는 이 단어로 초월을 주장한다. 거기서부터 그녀가 펼치는 분노, 악착스러움, 술과 욕망, 그리고 광기에 이르기까지, 죽을 위험을 무릅쓰고 자기 자신을 동요시키는 것들이 온다. 글쓰기가 신의 흔적과, 무한의 메아리를 펼쳐놓을 수 있는 유일한 것이다.

우리는 그 사실을 알게 된다. 우리는 더 이상 파스칼과 가까이 있지 않다. 내게는 뒤라스가 그녀의 친구와 진척들로부터도 떨어져 나와 늘 혼자 있는 것처럼 보였다. 그녀가 간직하고 싶어했던 유일한 관계는 글쓰기라는 참을 수 없는, 그리고 "경이로운" 노예 상태였다. 오늘도 여전히 그녀는 침묵과 불가피하게 '닫힌 문'♟ 한가운데에 있다. 그녀를 지키는 간호사는 뒤라스의 소식을 알고 싶어 온 사람들에게 "그녀는 잘 있습니다. 예. 잘 지냅니다. 그녀와 말하겠다고요? 안 됩니다. 당신의 이름을 남겨두세요. 제가 참고하겠습니다"라고 반복했다. 그게 전부다. 밤이 그녀를 꽉 움켜쥔다. 밤이 그녀를 원했다.

이 고독에 마주 서서 "그녀는 쓴다". 마치 오렐리아 슈타

♟　면회 금지.

이너처럼 "그녀는 그것 말고는 아무것도 하지 않는다". 그녀라는 이 "화석" 같은 존재에게는 오직 그것만이 남아 있다. 방랑자의 유일한 짐처럼 그녀에게는 깨지지 않는 그녀의 가족, 아우슈비츠, 그 시대의 모든 절망만이 있을 뿐이다.

비록 뒤라스가 죽는다 해도, 그래서 결정적으로 어두운 밤 속으로 빠져든다 해도, 내가 그녀에 대해서 여전히 갖게 될, 그래서 끊임없이 내게 되돌아오는 그녀의 이미지는 이와 같은 방랑자와 유대인의 이미지다. 그들은 떠나는 사람들이다. 떠나면서도 자기 고향을 가져가는 사람들이다. 그래서 그들에게는 떠나지 않았을 때보다 이 고향이 항상 더 폭력적으로 다가온다. 그녀가 『파란 눈 검은 머리』에서 말했던 것처럼 말이다.

그녀는 자기 걸음을 고정시킬 수 있는 모든 것이 튀어오르도록 한다. 장소와 시간을 산산조각 내고 미지의 것에게로 가면서, 지표 없이, 날짜도 없는 존재 속에서 방황한다. 미지의 것은 랭보였다. 그렇다. 항상 랭보였다. 그것은 마침내 그녀가 닮게 된 걸인 소녀의 노래였다. 동질감으로 그녀가 울려 퍼지게 한 노래였다. 사바나켓의 걸인 소녀의 노래처럼. 이것은 그녀의 어린 시절 노래인데, 대륙과 수천 년의 시간을 넘어 다중 음성의 기록과 합쳐진다. 3만 년 전부터 나는 바다 앞에서 흰 유령처럼 외친다. 나는 "그가 너를 사랑해, 너를"이라고 외칠 때의 바로 그 너라고 그녀는 『부정의 손』에서 소리 지른다.

내가 생각하기에 그녀는 바로 이 외침과 동일하다. 나는 그녀가 "너를 사랑해, 너를"이라고 외쳤던 바로 그 사람이라고 생각한다. 그 외침에는 어떤 사람도 대답할 수 없다.

나는 그녀에게 말하고 싶었다. 그녀의 손을 잡고는 여전히 그 손을 따뜻하게 해주고 싶었다. 하지만 간호사는 상대편 이야기를 듣지도 않고 전화로 대답한다.

"안 됩니다, 불가능해요. 한 번 더 말하지만 안 됩니다. 절친한 친구가 너무 많아요. 당신의 이름을 남겨두세요." 우리가 정신병동의 복도를 피해 왔다고 생각할 수도 있는 모순된 대화, 침묵의 명령, 고통을 진정시키는 거짓된 말, 불가능한 의사소통. 그래, 뒤라스 그녀가 그것을 원했을까?

틀림없이 그녀의 작품들이 남아 있다. 우리는 그 작품에 대해 쓰는 것을 멈출 수가 없다. 그만큼 그녀는 부스러기와, 분리와, 결함이 있는 공간을 제공한다. 작품은 대지들 사이에서 스스로를 헤어네트처럼 하나의 망으로 만든다. 그리고 내적 여행으로 데려가면서 죽음의 장소인 베네치아와 라호르의 장소를 닮아간다. 왜냐하면 그녀와 함께 사람들은 강어귀에서 죽음의 가장 깊은 장소인 샘으로, 다시 말해 뒤라스가 가장 좋아하는 문체인 반복이라는 이미지 속으로 가기 때문이다.

우리는 작품을 읽는다. 그 작품은 자아의 가장 강렬하게 진동하는 어떤 곳을 향해 쉬지 않고 우리를 강제로 데려간다. 관객과 독자의 몸은 음악의 보표처럼 다루어지는데 그 위에 이미지와 목소리와 말들이 놓인다. 그리고 침묵을 듣는 것은 내적 동요와 흔들림을 유발한다. 랭보가 이해하듯이 그 흔들림 속에는 틀림없이 큰 비밀이 자리 잡고 있다. 바로 이 지점에 뒤라스와 또 다른 현대의 위대한 작가들의 차이가 있다. 여러 비평가가 말하듯이 그린과 그라크, 그리고 심지어는 베크가 있다. 그러나 그들의 작품이 반사하는 것은 결코 우리를 그렇게 멀리까지 데려가지 않을 뿐 아니라, 우리를 그토록 강렬한 폭력으로 흔들어놓지 않는다. 뒤라스가 아주 좋아하는 낱말이 있다. 그것은 "울림"이다. 그것은 침묵을 해방시키거나, 아주 단순한 낱말들이 함께 꿰매어지거나 혹은 서로 포개질 때 자아 속에서 튀는 것을 말한다. 최근 어느 날, 기관절개술 때문에 그녀의 목소리가 변할 것이라고 걱정하는 사람들에게 그녀는 실제로 그 수술이 자신을 그리 거북하게 하지 않는다고 대답했다. 갈라지고 상처받은 목소리 때문에 그녀는 말을 아끼게 되었고, 한층 더 침묵의 소음을 듣게 되었다고 했다. 그녀는 "이런 기관을 가지면 침묵하게 됩니다. 아마도 더 나아진 것이지요"라고 말했다.

뒤라스가 쓸 때면 그녀는 자신의 목소리를 듣는다. 정확히 말하자면 이 목소리의 울림을 듣는다. 그래서 뒤라스의 글쓰기는 그토록 독특하고, 또 음악적이다. 그 글쓰기는 깊은 곳으로부터 와서 다른 사람들 옆에 자리 잡고, 어떤 다른 문학을 창조해낸다. 그녀가 또 말하기를, 그것은 카이로나 콜카타와 같은 장소인데, 이 장소는 너무나 파괴되어 사람들이 더 이상 수리 불가능한 어떤 구역을 포기하고 옆에다 집을 짓는 곳이다. 우리는 그것을 "콜카타 지점"이라고 부른다. 그녀가 만들어내는 작품은 동일한 이야기에 속한다. 그리고 동일한 확인에서부터 온다. 그녀의 눈에는 현대문학과 그것이 마음대로 사용하는 모든 수단과 모든 테크닉과 모든 술책이 "콜카타 지점"과 흡사하다. 그녀는 거기서 단지 재난과 타협의 이미지들만을 본다. 최악의 경우 다리와 탑과 텔레비전을 만들고 취향의 표본을 만드는 "부이그 통신 예술"이며 기껏해야 '데자뷔'인 19세기 이야기일 뿐이라고 그녀는 말한다. 거기서 그녀는 일하고 구멍을 뚫고, 듣기를 원한다. 그것은 그녀가 그토록 좋아했던 작은 교외인 비트리 쉬르 센처럼 옆에, 그리고 "바깥"에 있다. 그녀가 거기서 말하기를, 그곳은 뉴욕처럼 사람이 득실거리고, 섞여 있고, 흩어져 있다. 시작에 대한 이런 탐구가 없었더라면 어떤 것도 그녀의 관심을 끌지 못했다.

우리는 비평 활동을 하고 취미를 감식하는 사람들에게 그녀가 거꾸로 일깨우는 폭력을 이해할 수 있다. 그녀는 벗겨진 무의식, 화상의 자국, 그녀가 거북하게 만들고 자극하는, 참을 수 없는 정보라는 구체적인 장소에서 이야기한다.

"아이고, 뒤라스!"라고 자크-피에르 아메트는 『푸앵』에서 외친다. "미디어에 강한 반지를 낀 괴물이 상스러운 하층민의 문학에서 왕족의 피를 받은 유일한 공주인 척한다. 그는 지적인 역설만큼이나 어리석음을 내뱉는 회교 사원의 첨탑"이라고 덧붙인다. 중재하려는 기사들이 짓궂게 비난하는 것도 그녀에게 그리 깊은 타격을 주지 못한다. 사람들은 그녀에 대해서 거듭 말한다. 그녀는 행보를 계속한다. "심연을 넘어" 글을 쓰는 것, 영화를 만드는 것, "심연의 어떤 것을 드러내는 것"만이 중요할 뿐이다.

근본적인 것은 글쓰기에 복종하는 것이다. 펜은 종이를 스치면서 단어를 펼치고 그것들을 정렬하고, 노래의 매듭을 푸는 독특한 소리를 만든다. "되는대로 두는 것이 중요합니다. 듣는 것을 모으는 것만으로도 충분하지요. 심연의 소동이 이해되어야 해요."

"우리에게는 공명의 습관이 있다"라고 그녀는 다시 한

번 선언한다. 그래서 그녀는 스스로도 이해하지 못하는 것을 자주 쓴다고 말한다. 그러면서도 그것들을 책 속에 풀어놓는다. "내가 다시 읽을 때 그것은 의미를 띱니다."

어쨌든 그녀에게 모든 것은 항상 이와 같다. 그녀는 수완을 거부한 채 미지의 흐름 속으로 나아간다. 그녀가 영화를 만들기로 결정했을 때다. 그녀는 영화를 촬영하면서 울기 시작했다. 왜냐하면 그녀는 결코 카메라를 만져본 적이 없으며, 카메라의 위치를 어디에 두어야 할지 몰랐기 때문이다. 텍스트 속에서도 그녀는 독자들과 마찬가지다. 롱스달이 그 증인이다. 그는 "우리가 그녀의 영화 중 한 편을 보거나 또는 우리가 그녀의 작품 중 한 권을 읽을 때면 그 자체로 길이 만들어지기를, 그리고 그것이 명쾌해지기를 기다려야만 했습니다. 그것은 일상적인 그리고 아무런 결과 없는 소비에 맡겨져 있지 않아요. 그것은 포착해야만 하는 영혼의 음악이었지요"라고 말했다. 이 배우와 일할 때면 그녀는 그에게 실제로 늘 동일한 것을 요구한다.

"삭제하는 방법을 통해서 일하세요. 당신은 의식적으로 중성적인 방법으로 텍스트를 말하세요. 무엇보다 당신은 연기를 하거나 심리를 만들기 위해 애쓸 필요가 없습니다. 우리는 텍스트를 말할 뿐입니다. 우리는 텍스트를 연기하지 않아요. 무의식적인 충동이 이끄는 대로 두십시오. 수용되는 상태로 두십시오. 어떤 것이 오기를 기다리세요……."

음악이 나타나는 순간은 바로 이때다. 가장 피상적인 기쁨을 민중을 선동하는 방법으로 채우는 대신, 음악은 이상한 대화가 구멍을 뚫는 침묵의 악보처럼 나타난다.

따라서 마스콜로가 말한 것처럼, "글쓰기의 이 나머지 부분을 삭제"해야 한다. 그리고 그것을 발견해야 할 어떤 것, 즉 언어활동에 비해서 중성적인 것 혹은 다른 어떤 것으로 대신 채워야 한다. 그것은 이미지가 될 수도 있고 혹은 모방할 수 없는 음악이 될 수도 있다.

그녀는 그 사실을 젊은이들에게 말할 수도 있으리라.

"우리 모두는 이방인입니다…… 지성은 결코 스콜라 철학이나 그 주해가 될 수 없습니다. 나는 지성에 이르기 위한 어떤 실제적인 길이 있는지, 또 이 길이 우리를 어디로 데려가는지 모릅니다. 하지만 그건 중요하지 않아요. 내가 말하는 것이 절대적으로 실현 불가능하다는 것을 알아야 합니다. 나는 완전한 유토피아 속에 있습니다. 나는 그것을 알아요. 하지만 무엇이 중요합니까? 그럼에도 불구하고 나는 그것을 말할 수 있어요. 그것은 하나의 가정이지요…… 거기서부터 시작해 글을 쓸 수 있어요."

대학의 문화 등을 결코 알지 못할 그녀는 주장한다.

"빈틈을 만들 줄 아는 것이 관건입니다. 그게 젊은이들이 할 일이지요. 아무것도 하지 않은 우수한 젊은이들이란……."

그녀는 이런 빈틈 속에서 쓴다. 왜냐하면 그녀에게 글을 쓰는 것 말고, 쓰면서 시간을 보내는 것 말고 다른 일은 없기 때문이다. 그래서 그녀는 글쓰기에 절대적인 구원의 힘, 훼손된 삶을 피할 수 있는 힘을 부여한다. 그녀가 완강한 에너지로 알코올 중독 때문에 생긴 섬망증과, 폐기종과 코마의 위기와 싸울 때, 그 위기에서 그녀를 구해낸 것은, 고대에 호메로스나 베르길리우스나 루크레티우스가 그 사실을 증언할 수 있듯이, 유일하게 글쓰기였다. 뒤라스가 독자들에게 가르쳐주는 것은 글쓰기에 대해서 질문하는 것이다. 글을 쓴다는 것, 그것은 무엇인가? 프루스트처럼 그녀가 죽고 사는 이 말, 그것, 즉 글쓰기는 무엇인가? 그녀에게 글쓰기는 고대의 근원을 상기시킨다. 심연 속에서 "스스로 가면을 벗으면서" 우리가 액체로 된 강철처럼 무겁고 짓누르는 듯한, 그러나 빛이 없는 안개 속에서 혼돈스러운 "창세기의 물"의 시간으로, 세상의 태초의 근원의 시간에 도달할 수 있다는 사실을 가르쳐주는 것이다. 무한 속에서 반향되는 구슬의 광채다. 글쓰기는 그녀에게 태초의 매듭을 풀게 할 이런 지성을 가르쳐준다.

이때부터 독자는 더 이상 아름다운 이야기를 따라가지 않는다. 여기서 중요한 것은 다른 차원에 속한다.

"그것이 책입니다. 그것이 영화입니다. 밤입니다"라고 그녀는 말한다.

따라서 뒤라스를 읽는다는 것은 신화의 한가운데로 들어가는 것이다. 다시 말해 이브 모로가 정확하게 이 작품에 대해서 그 사실을 주목하듯이 "어느 누구의 언어가 아닌 최초의 언어, 그리고 모든 제의의 본이 되는 모델을 보여주면서 단순히 개인적이고 일시적인 것에 지나지 않는 것을 신성한 수준으로 높이는 최초의 언어"를 따라가는 것이다.

"그것이 책이며 영화입니다. 우리는 그것이 시이며 그림이라고 덧붙일 수 있을 겁니다"라고 그녀는 말했다.

뒤라스는 화가들의 전시회에 자주 서문을 썼다. 그녀가 좋아하는 대가는 세잔에서부터 술라주에까지 이른다. 그들이 풀어놓는 진동과 메아리 속에서, 그들의 경계를 만들기를 거부하고 그림이 원하는 곳으로 가도록 하면서, 화가들의 팔레트, 진흙, 접착성 물질 등의 재료들이 하는 대로 내버려두었다. 이것은 마치 신이 창세기의 물이 가공되는 대로 그냥 두었던 것과 같고, 길에서 일어났던 부영사의 최초의 긴 야생의 외침과 유사하다.

모든 것은 피카소의 경우처럼 일어났다. 피카소의 고백에 따르면 그것은 선으로, 어린 시절의 윤곽으로, 일흔 살을 어린 시절로 돌아가게 하는 것이다. 우리는 뒤라스의 초기 소설들이 모리악, 멜빌, 헤밍웨이, 무질, 지드, 카프카, 랭보, 보들레르, 프루스트 등에게서 아주 많은 영향을 받았다는 사실을 알아차릴 수 있다. 그러나 작품은 단지 자신의 흐름을 따라가고, 글쓰기는 탐험되지 않은 지대로 슬그머니 끼어든다. 글쓰기는 길을 잃을 위험을 무릅쓰고 교묘하게 그곳으로 간다. 말라르메의 시처럼 질식시키는 침묵의 외침에, 광석의 외침에 가까이 가는 위험을 무릅쓴 채, 또 폐지되고, 거부되는 낱말들에 부딪혀 깨질 위험을 무릅쓴 채 말이다.

뒤라스는 다른 모든 작가 이상으로 습관적인 가르침에 반대해 자기 방식대로 어떤 가르침을 베푼다. 비록 현대의 비평가들이 그 반대의 주장을 하고, 단지 "요령과 나쁜 버릇, 생제르맹의 뒤라스의 팬들의 감정이 뒤집히도록 하는 사소한 음악……이라고 주장하더라도……." ♟ 말은 형이상학적이며 정신적인 차원에 있는 것이라고 감히 얘기해보자.

♟ 『르몽드』1988년 4월 1일.

어떻든 뒤라스는 자신이 부딪혀야 하는 이 밤을 이해하기 위해서, 그리고 거기서 희망을 가져야 할 이유를 찾기 위해 감히 모든 위험을 무릅쓴다. 그래서 우리는 진정한 질문들에 맞서는 형이상학 속에 있다. 솔레르는 그의 노트에서 "뒤라스, 불쌍한 여자"라고 말할 수 있다. 그렇다. 불쌍하다. 하지만 빈털터리이며, 무장해제되었다는 의미에서 그렇다. 그리고 바다의 범람에 맞서 싸우기 위해 모래와 돌 주머니를 배치하는 엄마 마리 도나디유의 투쟁만큼이나 부당한 투쟁이라는 점에서 그렇다.

독자들에게는 그녀의 말이 까다롭다. 그녀는 독자들에게 말한다.

"당신을 「인디아 송」의 구멍 속으로 옮겨가보세요. 그러지 않는다면 당신은 결코 이 더딤을 파악하지 못할 겁니다. 구멍 속으로 빠지는 것을, 심연으로 빠지는 것을 두려워하지 마세요. 이 심연이 그토록 많은 계시를 허락해줄 거니까요. 하지만 그러기 위해서는 길을 잃어야 합니다. 나는 길을 잃기 위한 어떤 지시를 원합니다. 다른 생각 없이 있어야 해요. 사람들이 아는 것에 대해서 아무것도 더는 인정하지 않을 각오를 해야 합니다. 가장 적대적인 지평선의 점, 즉 수천 개의 비탈이 모든 방향으로 가로지르는, 일종의 광대한 늪 위로 걸음의 방향을 정할 줄 알아야 합니다. 그 이유를 알지 못한 채로 말이죠."

이것은 확실하지 않으며 정해지지 않은 걸음의 수사학이다. 각각의 대상과 각각의 사물에 대해서 그것이 아니라는 것을 알면서도 걸어가는 이의 끝없이 신비로운 이야기, 머물 수도 없고, 만족할 수도 없지만 신비롭게 걸어가는 보행자의 끝없는 이야기와 같다.

따라서 모습을 드러내는 것을 거부한 채, 오히려 아우슈비츠와 히로시마를 허락해버린 신에게서 버림받은 작품은 외침이라는 절대 속에 있다. 그리고 그녀로 하여금 "나는 사막을 향해 외친다. 특히 사막으로 가는 방향 속에서 외친다"고 말하도록 한다. 이것은 위반과 반란과 분노의 외침이다. 신에게 그가 창조물을 버렸다고 말하는, 그리고 창조물을 미완성의 세상에서 방황하도록, 미완성인 채로 버려두었다고 말하는 삶의 외침이다. 그러나 이 외침은 사막을 향한 채 벗어난다. 또한 외침은 말을 낳는데, 이것은 침묵의 사막을 향해 가는 걸음이다. 그녀는 신이 거기에 존재할 수도 있다는 것을 안다. 그 신은 은둔자다. 신은 금욕적이다. 또한 심사숙고하는 신이다. 그녀는 여전히 "우리를 버린 신"을 향해 외친다. 그것은 불가능해요, 그냥 그렇게 되는 거지요, 라고 그녀는 말한다.

그녀는 누군가를 부르려고 소리치지만 동시에 자신의

기원을 기억하기 위해서도 소리친다. 그 결과 모든 작품은 말할 수 없는 것의 주변에서 신비스럽게 배회한다. "침묵이 시작되는 문턱"이 바로 그 장소다.

그녀가 작품과 공유하는 관계 그리고 그녀가 독자들에게까지 미치는 관계는 친밀감과 재회의 관계다. 그녀가 말한다.

"심연으로 가세요. 그러면 당신들은 자기 자신을 재발견할 겁니다."

그래서 『연인』은 근원으로 되돌아가는 절대적 장소로 나타난다. 그리고 가까이에서 혹은 멀리서 서로 다른 동기들과 서술적 시간이 엮이면서 독자들에게로 되돌아온다. 또 절대적이거나 혹은 순간적인 그리고 바로 그 때문에 곧 사라져버리는 인상들을 수용한다. 게다가 뒤라스는 자신을 공격하는 이런저런 사람들에 대해 이야기할 때면 늘 "그가 자기 자신 속에 있지 않기 때문이라고, 그가 자신의 흔적을 찾지 못했기 때문이라고" 반박한다. 베르트랑 푸아로-델페슈는 『르몽드』에서 정기적인 시평時評을 쓸 때, 사람들이 말하듯이 이렇듯 작품 속으로 "들어가는 것"에 이르지 못했다. 뒤라스의 팬들이 있었더라면 ─ 왜 없겠는가? ─ 이유는 거기에서부터 생겨난다. 자기 속에 아주 깊이 억제되어 있다가 갑자기 놓여나서 언어의 차원에 다가

서고 의식으로 흘러드는 어떤 것과의 친밀감이라는 이유
말이다.

　생브누아 거리의 작은 여자는 그녀의 아파트에서 계속
해서 글을 쓴다. 전쟁 때의 사진에서 볼 수 있었던 오만함
에서 배어나는 우아함을 이제 그녀에게서 찾을 수 없다.
많은 음화陰化에서 과시되는 나르시스적인 관능이 그녀에
게는 여전하지 않다. 나아가 섹시한 피아프 같은 면도 없
다. 하지만 그녀의 시선은 여전히 이런 젊음, 즉 항상 다른
사람들에게 겁 주고, 그들을 당황스럽게 만들며, 약간은
"광적인" 그리고 거친 무례함 같은 것을 간직하고 있다. 초
췌한 얼굴은 주름 때문에 사방으로 산산조각 났다. 최대한
발레리식으로 말해보자면 "매혹적인" 목소리는 사람들이
그녀에 대해서 알고 있던 것을 추억하면서 음화 속에서만
존재한다. 목소리는 발화되고 호흡 속에서 완성된다. 가
끔 그것은 아름다움 그 이상의 아무것도 아니다.

　음역을 찾아내는 데 성공하지 못한 그녀의 쉰 목소리는
목구멍에서 걸리고, 해체된다. 그리고 다시 시작한다. 스
스로 말하듯이 그녀는 "젊은 사람들에 대해서는 무조건
적이다". 그녀는 자신의 배와 입술에 분노를 지니고 있다.
이 분노는 그녀로 하여금 모든 것에 참여하도록 한다. 그
녀는 이 분노로 인해 프라하나 부다페스트의 시기에 내뱉

었던 폭력적인 억양을 되찾는다. 마스콜로와 슈스터가 출판했던 임시 창간호에서 그녀는 부다페스트의 암살자들이라고 외쳤다. "당신은 단지 당신 고유의 짧은, 이후에는 죽음의 역사의 대변인일 뿐입니다. 당신들의 길은 서로에게 침투할 수 있습니다. 당신들의 이야기는 저절로 끝납니다. 서로를 잘 보세요. 당신들은 살아 있는 존재인 양 처신합니다. 하지만 당신들의 단말마적 고뇌는 시작되었습니다. 가엾은 당신들. 나는 이렇게 말합니다. 불쌍한 당신들이라고…….."

또 그녀가 어떤 유명한 출판사에 대해서 말할 때면 마치 복수하는 사람처럼 선언한다.

"속임수와 같은 X. 문학이 죽는 장소, 프랑스 문학이 죽는 장소. 시체를 덮는 천."

그래서 독자들은 그녀에게 감사한다. 그녀가 두려움을 갖지 않기 때문이다. 게다가 그녀 스스로도 그렇게 말했다.

"나는 겁이 없었지요."

마치 그녀가 모든 것에 직면하고 모든 것에 대해 책임을 지면서 스스로를 강하게 느꼈던 것처럼 말이다. 바로 이 때문에 사람들은 그녀가 남성적 기질을 가지고 있다고 주장했다. 이미 『태평양을 막는 제방』에 대한 초기 비평에서 만약 그녀가 찬사를 받았다면 그것은 바로 우리가 여성 작가의 펜 아래서 어떤 엄청난 에너지와 함께 대단히 소설적이면서도 기운찬 건축술을 발견하고 놀랐기 때문이다.

그녀가 입장을 표명하는 것, 그리고 그녀가 항상 스스로에게 부여하는 호전적인 태도, 뿐만 아니라 모든 상황에서 그녀를 부추기는 이 돈키호테식 열광적 이상주의는 여성적이기보다는 남성적인 본성에 속하는 것 같다. 하지만 그건 사실이 아니다. 뒤라스는 오히려 변함없이 근원으로 되돌아가려 했고, 이름 붙일 수 없는 외침을 되찾으려 했다. 모든 성(性)에 도달할 수 있고, 여자와 남자, 식물과 나무 등 모든 것을 이해할 수 있으며, 직관적으로 기후의 기질을, 공기와 바다의 정신을 알 수 있다고 단언한다. 마치 셰익스피어가 시인에 대해 그렇게 주장했던 것과 같다.

아주 젊은 학생들, "열여덟 살의 어린아이들…… 유일한 왕자들"이 그들의 최초의 연구 주제로 뒤라스의 작품에 흥미를 갖는다는 사실은 놀랍지 않다. 그들은 어떤 시도의 의미를 이해하고, 거기서부터 주어지는 비밀스러운 자료들을 파악하고자 하는 프랑스 대학의 유일한 100여 명의 학생들이다. 그들은 뒤라스가 지닌 무한한 젊음으로 인해 그녀에게 감정이입을 할 수 있었다. 기다림이라는 희망처럼 그들만이 진정 이해할 수 있는 것들이 말해졌으며, 뒤라스 또한 그들을 향해 자신이 도처에 던지고 있던 열정을 지니고 있었기 때문이다.

"나는 여러분에게 내가 생각하는 것을 말해주고 싶었어요. 혼자 있기 위해 그리고 사랑할 수 있기 위해 어떤 장소를 지켜야 해요. 왜 그런지, 또 누구인지, 어떻게, 얼마나 오랫동안인지 모르겠지만 사랑하기 위해서죠. (…) 모든 말이 갑자기 내게로 돌아와요. 무엇인지는 모르겠지만 자기 안에 기다림의 장소, 사랑을 기다리는 장소, 아마 여전히 아무도 없는 사랑, 그러나 그것, 단지 그것, 사랑을 기다리기 위한 장소를 유지해야 합니다."

그녀에게로 돌아가는 이 계절에 나는 이런 사랑의 증거를 정확하게 느낀다. 나는 강의를 마치자마자 연구실에서 그녀에게 곧장 전화한다. 나는 전화기로 달려가서 그녀에게 말한다.

"저 알랭이에요. 가도 될까요?"

그녀는 주저 없이 말한다.

"오세요." 나는 렌 거리를 지나 최대한 빨리 생브누아 거리에 도착했다. 계단을 올라가서 그녀의 아파트 앞에서 벨을 누른다. 그녀는 문을 열고 나를 자신의 "정글" 속으로 들어오도록 한다. 얀 앙드레아는 떠났다. 그녀의 아파트에는 우리 둘만 있다. 나는 그녀의 손을 잡는다. 나는 그녀가 걸려오는 전화를 받을 때만 그 손을 놓아준다. 그리고 다시 잡는다. 그녀 스스로의 가쁜 숨이 고양하는 이런 빈약함과 결핍 속에서 나는 그녀가 여전히 추격당하는 신비에 더 가까이 있다는 사실을 안다. 이것은 아무것도 아닌 것 속에 모든 게 존재한다는 사실과 살아간다는 것의 결핍에 의해 삶을, 빛의 결핍에 의해 빛을 말한다는 사실을 증명하는 영원한 '신비의 변증법'이다. 그래서 그날 저녁 나에게 뒤라스는 힘과 생명으로 환해 보였다.

우리는 그녀가 일하는 서재의 탁자에서 서로 마주 보고 있다. 우리 사이에는 스탠드의 불빛이 원고를 비추고 있다. 그녀가 좋아하듯이 우리는 텍스트의 재료가 되는 말의 이질성 속에서, 그리고 그녀가 행사하는 영향력을 확립하는 말들이 오가는 가운데, 실처럼 끌어들이고 또 끌어들이는 낱말의 왕래 속에서 대화를 나눈다.

전설로 체험되는 뒤라스의 이 이야기는 기이하다. 그녀의 육체는 오늘날 너무나 어설프고 괴상하지만 세상에 대해서 그녀가 가진 이 지성은 기이하다. 그녀가 자신의 독자를 유지하고 있는 "글쓰기라는 이 밝은 지대"는 단지 시선과 목소리에 의해서만 진가가 발휘된다. 이 글쓰기로 끊임없이 돌아가야 한다. 왜냐하면 이것이야말로 그녀의 삶이 존재하는 유일한 장소이기 때문이다. 글쓰기, 이것이야말로 '반짝거리면서' '밤'과 '난센스'를 정복할 수도 있는 기도라고 부를 만한 것을 향한 걸음이자 진보이기 때문이다. 마치 모든 언어와 모든 문명을 가로질러서 도달해야 할 유일한 시가 있는 것처럼 말이다.

그녀의 '정글'은 글쓰기를 위한 장소다. 그녀의 책상은 서류와 원고와 편지들로 뒤덮여 그 책상의 나무 재질을 알아보는 것이 거의 불가능하다. 왜냐하면 단지 신, 신이라는 미지의 대상, 그 정신적인 것에 다가설 수 있는 이 글쓰기라는 초자연적인 육체만이 고려할 대상이기 때문이다. 그녀는 말한다.

"우리가 시작하면 그것이, 글쓰기가 옵니다. 우리는 계속해서 씁니다…… 감동적인 것은 그 이후, 그것이 당신의 삶을 따라 자리 잡을 때입니다……."

그리고 이 사실에서 뒤라스의 삶은 글쓰기라는 긴 강과 유사하다. 이 강은 메콩강의 굽이와도 비슷하다. 이 강은 작품에서 뽑아내는 풍부한 은유인데 진흙탕의 물과, 댐과 갑자기 더 밝고 더 유동적인 흐름, 그리고 시골 사람들이 의례적으로 목욕하며 물소들이 물을 마시러 오는 신성한 만을 가지고 있다. 글을 쓴다는 것의 신비가 그녀에게 신성한 어조에 속하는 것은 바로 이곳이다. "그것은 신과 함께해야 한다. 아주 고통스럽게 만드는 신의 예감을 가지고." 그렇지 않다면 채워지지 않는 이 허기와 바다의 움직임처럼 늘 다시 시작해야 하는 이 불가능한 임무를 어떻게 설명할 수 있겠는가? 트루빌의 발코니에서 바라보는 바다는 그 크기와 힘을 측정할 때 한 예를 보여주고, 이동성 속에서 심연, 어둠 그리고 숨겨진 것의 척도를 제공하는 영원히 변치 않는 물을 보여준다.

그녀는 '정글'에서부터 생브누아 거리, 트루빌, 노폴 르 샤토를 펼쳐 보인다. 그녀는 직조공과 같다. 자신의 배를 진수시키고 그럼으로써 자신의 장식 융단의 흐름을 펼치며 도달할 수 없는 것을 묘사하면서도, 자신이 도달하고자 하는 현기증의 흐름을 전개하는 직조공⋯⋯. 그 점에서 그녀는 어떤 것에 도전하듯이 마치 헤아릴 수 없는 것을 쫓아가며 기진맥진해지는 언어 속에서 신비스럽다. 마치 회색빛의 질식할 듯한 아우성과 도달할 수 없는 신성한 울림이 니콜라 드 스탈의 천 속으로 들어가는 것처럼 높은 창문을 가로질러 로슈 누아르의 그녀의 아파트 속으로 밀려드는 조수의 소음을 들려주면서 말이다.

형이상학적인 울림처럼 공허의 깊이, 밤으로 숨기를 의미하는 단어들, 말하자면 미지와 밤을 부르는 단어들은 그녀의 텍스트와 담화 속에서 서로 반향을 일으킨다. "우리가 전혀 알지 못하는 어떤 것과 비슷해지는 것", 그것이 마침내 그녀의 탐색 대상이 되는 것이다. "이 멀리 있는 것들", 바로 그것에 대해서 그녀는 아직도 말한다.

"잘 보세요. 그들을 어떻게 불러야 할지 모르겠어요."

이런 의미에서 뒤라스의 이야기들은 다른 어떤 이야기처럼 읽힐 수가 없다. 우리는 그것을 단지 그 작품이 자리 잡은 마술적 공간 속에서만, 그리고 어떤 의식적인 장소에서만 읽을 수 있다. 가끔 "내적 그늘"이 스스로 반사되도록 두는 제의의 장소 말이다.

그녀가 자주 말하듯이 여기서 중요한 것은 '이야기하는 것'이 아니다. 분명히 말해서 그것은 스토리를 말하는 것과는 반대다. 정확하게 "그것은 위로부터 당신에게 오는 모든 것을 받아들이는 것이다……. 독자들이 매혹을 느끼는 것은 바로 이 텍스트라는 장소에서다. 쓰인 것 안에, 한 해 한 해 흐름에 따라 만들어진 텍스트 속에 있는 것, 시간이 지남에 따라, 겉으로는 거의 건축된 것이 없고, 서술적 전개에서 볼 때는 매우 혼란스러운, 그리고 체험이 독자에게 남긴 모든 흔적을 참조하는 텍스트 말이다".

우리는 뒤라스가 말했듯이 침묵이라는 글쓰기 상태에서, 마송과 키리코 등 초현실주의자들의 마술적 의식을 떠올린다. 뒤라스에게서도 절대 사진♟에 도달하기 위한 동

♟   『연인』의 글쓰기의 동인이 된 뱃전 위의 소녀의 영상을 말한다.

일한 과정을 만난다. 뱃전에 팔꿈치를 기대고서 멀어지는 사이공의 항구를 바라보는 소녀, 레옹 볼레 속에 앉은 중국인, 항아리의 물로 몸을 씻고 있는 작은오빠, 그리고 큰오빠와 어머니의 공모를 유일하게 알아차린 채 바라보았던 소녀 말이다.

그녀가 텍스트 속에서 실어 나르는 음화들은 마치 어둠으로부터 뽑아낸 것 같다. 그녀가 텍스트에 토로하는 상투적인 표현들은 마치 밤에서 뽑아낸 것처럼, 그 텍스트들이 출간된 젊은 시절에 갑자기 부어진 것이다. 긴박함을 나타내는 난폭함, 텍스트들이 영원히 사라지는 것을 볼 것 같은 두려움 때문에.

마치 "검은 방"♟ 이후에 혹은 그녀가 아직도 "검은 더미"라고 부르는 것 뒤에 더 깊은 구멍, 도저히 건너갈 수 없는 틈이 있는 것처럼 말이다. 그것들은 끊임없이 글쓰기로 되돌아가거나, 시편이나 연도처럼 발화된다. 어떤 의미에서 샤를 페기가 노트르담에서 소개한 생주느비에브나 보스에서 기도할 때처럼 되씹기를 하는 것이다. "그녀가 『북중국의 연인』에서 말하기를 그것은 등굣길이다. 때는 7시

♟   제2차 세계대전 때 뒤라스가 목격했던 수많은 죽음의 이미지가 투영된 어휘다.

30분, 아침이었다. 시청의 살수차가 지나간 후의 사이공의 거리에는 신비로운 서늘함이 있다. 그 시간은 도시를 적시는 재스민의 시간이다."

우리는 뒤라스가 "채색 터치에 의한 묘사"라고 부르는 것의 바탕이 되는 많은 예를 찾을 수 있다. 보이는 바와 같이 수단의 경제성은 고귀한 미학이나 스크립트와 관련된 서술적인 수사에 따른 것이 아니다. 오히려『아웃사이드』에서 그녀가 쓴 것처럼 마치 각각의 단어와 느낌이 그들의 모암의 지배력에서 뿌리째 뽑혀나와 어떤 "모란의 소란스러운 개화"를 일으키는 것과 같다. 개화! 그렇다. 모든 것이 꽃피기 전에 벼락이 치듯이 개화하는 것이다. 그때 글쓰기는 "달린다".♟ 이것은 1980년대가 되어서야 이론화되었던 방법이다. 그러나 이 방법은 이미 그녀가 이 개념을 주장했던『파괴하라, 그녀는 말한다』의 시기에 사물과 존재들을 그것들이 태어나는 순간에, 그것이 삭제되기 전의 순간에 파악하는 것이다. 아마 그래서 그것은 그녀가 노플 르 샤토의 파란 장롱의 작은 서랍에 쌓아두었다가 그녀가『고통』이라는 제목으로 출판하면서 한참 뒤로 거슬러 올라갈 것인 전쟁의 위급함에서부터, 또 그것을 증언하고 모든 것

♟   『연인』에서의 글쓰기 방법이다.

을 말하려는 의무에서부터 생긴 것이다. 이미 글쓰기는 안티고네의 전율을 가지고 그녀가 눈치챘을 사람들에게 서둘러 '아니오'라고 말하려는 것 속에서 흐르고 있었다. 죽음의 수용소, 그리고 그 나머지, 그녀가 되는대로 버려두었던 것에 대해 혼돈스럽게 느꼈던 수치감, 강제수용소, 그리고 외투와 재킷 이면의 노란 별, 또 총격들…….

　시간이 흐르면서 나는 뒤라스를 아는 법을 배웠고, 그녀의 모든 면을 감지하게 되었다. 꼭 가장 긍정적인 측면만 말하려는 것은 아니다. 그녀가 자신의 인디뷰와 책뿐만 아니라 그녀의 책들도 모르는 사이에 그 책이 주장하는 것들, 그리고 고백과 가면, 모호한 유혹과 역설과 위선, 꾀, 교활함, 과장, 투명함, 그리고 고상한 시를 통해 그녀가 보여주고 이해시키고 듣도록 하는 모든 것까지를 일컫는다. 아직도 몇몇 비평가가 그렇거나 혹은 그렇게 되는 중이라고 생각하면서 여전히 그녀에게 부여하기를 거부하는 칭호인, "위대한 작가"라고 사람들이 부르는 습관이 생긴 것은 바로 이 때문이다.

　뒤라스는 자신이 감탄하는 보들레르와 내적으로 아주 가깝다고 느끼는 프루스트처럼 그녀가 좋아하는 말들 중하나를 따르자면 "무한하다". 그것은 그녀의 입에서는 과대망상으로 나타나고, 내 입에서는 성인전에 사용되는 용어일 수 있다. 하지만 그것은 사실이다. 무한하다. 왜냐하면 그녀는 보들레르적 의미에서 무한한 "감응"으로 인해 사물들에, 그리고 존재들 사이의 관계에 얼굴과 미묘한 차이를 주기 때문이다. 마치 존재와 세계의 신비를 만드는 것이 "메아리의 벽"에 속해 있는 것처럼, 마치 그녀가 그것들에게서 그들의 "은밀하지만 사나운 변형의 기회"를 폭로하는 것처럼 말이다.

그녀는 바로 그곳, 즉 무한함 속에서 모든 것이 결정된다고 내게 말했다. 또 무한함이 없다면 그저 통속적이고 의미 없는 단어들의 조합만 있을 뿐이라고도 말했다.

기껏해야 그것은 오락이다.

그것, 즉 작품의 힘은 그녀가 항상 미지의, 단지 단어들 사이의 읽기 어려운 곳에서만 감지할 수 있는 공간에서, 말하자면 필연적으로 다시 쓰기 위해 먼저 쓰인 글자를 지운 양피지 위에서만 열린다.

『연인』에서 분명하게 나타나기 전, 『히로시마 내 사랑』의 리바라고 불리는 여배우가 독일 남자에 대해 느꼈던 매혹과 위반에 대한 욕구는 알랭 르네가 포기했던, 연출가가 그녀에게 주해하기를 부탁했던 영화의 종결부에 있다. 우리는 이 작품을 다시 읽으면서 파악하기 어려운 이 단어들의 의미의 흔적을 발견할 수 있다.

"오후 끝 무렵 프랑스의 어떤 곳, 어떤 날, 독일 병사가 지방의 한 광장을 건너간다."

"전쟁조차 일상적이다."

"독일 병사가 조용한 과녁과도 같은 한 광장을 건너간다. 지금은 전쟁의 끝 무렵이다. 사람들이 스스로의 해결책에 대해 절망하는 순간이다. 그들은 적을 더 이상 경계하지 않는다. 전쟁이라는 습관에 빠져버렸다. 이런 권태에 빠져 여자들은 덧문 뒤에서 광장을 걸어가는 적들을 바라본다. 여기서 모험은 애국심으로 제한된다. 다른 모험은 저지되어야 한다. 사람들은 쳐다본다. 그럼에도 불구하고 이 시선에 저항해서 해야 할 일은 없다."

뒤라스는 나탈리 사로트의 "잠재적 대화"라는 미학을 좋아했다.

단지 여자들만이 이해시킬 수 있는 것들이 있다. 단어들의 이쪽에서 순환하고, 몹시 불안하게 하는 것들, 직관에 의해 단편적이고 조각 난 방법으로, 말하자면 흔적으로, 동강 난 방법으로, 리날디가 "문장 구성의 실수를 범할 위험이 점진적으로 옅어지는 것"이라고 풍자적으로 묘사한 것 속에서 언어 차원으로 되가져올 수 있는 어떤 것들 말이다. 그럼에도 불구하고 『히로시마 내 사랑』의 텍스트에서는 모든 것이 말해진다. 숨 막힐 듯한 욕망, 증오, 독일인에 대한 갈망과 다른 곳에 있고 싶은 갈망이 있다. 그리고 『고통』에서 그녀가 부르짖는 것처럼, 살아 있는 은유로, 150년 동안 이 땅에서 볼 수 없었던 정의에 대한 갈망까지도……

줄여 말하자면 "잠재적 대화"는 단지 텍스트의 틈 속에서 읽을 줄 아는 사람들에게만 다다르는 무한한 고백을 담고 있다. 그리고 그때 모든 세상이 열린다. "어린아이의 외침. 차가움. 몰드르강의 안개. 황혼녘 고양이의 귀가"처럼 말이다. 우리는 콩브레라는 세상의 예기치 않은, 그리고 억누를 수 없는 솟아오름에 대해서 생각한다. 그리고 마르셀 프루스트의 찻잔으로부터 달아나는 것에 대해서, 또 리본처럼, 기억의 흐름과 '검은 방' 속에 저장된 추억과 갑자기 터져나와서 페이지를 점령하는 이미지를 따라가는 '흐르는' 글쓰기에 대해서도 생각한다.

그녀는 『에밀리 엘』에서 독자에게 "내가 당신에게 꼭 빠르게는 아니더라도 전속력을 다해서, 아니 자신을 좇아 수정 없이 써야 한다고 말했죠"라고 고백한다. 바로 자기 자신, 그 자신을 가로지르는 순간에 글쓰기를 밖으로 던져버려야 한다. 어법을 어겨야 한다. 그렇다. 글쓰기를 냉혹하게 다루어야 한다. 그것의 무익한 덩어리로부터 아무것도 제거하지 말아야 한다. 나머지 것과 함께 버려두어야 한다. 어떠한 것도 현명하게 하지 말아야 하며, 속도도 느림도 없이 나타나는 순간 속에 버려두어야 한다. 뒤라스는 언제나 서정성을 포기한 채 신앙고백과도 같은 이런 선언을 글쓰기에서 실천하고 있다. 이 점에 대해 갖게 되는 독자의 매혹은 이런 마술에서부터, 뒤이어 정렬되는 이런 비응집성으로부터, 우리에 대해서는 알지만 우리는 그것에 대해서 알지 못하는 글쓰기로부터 오는 것이다. 그리고 그점에 대해 우리는 끊임없는 개영시♟를 읽을 때 거기서 말해지는 것이 진정한 것이며, 또는 기의 아무것도 아니고, 뮤지카 속에서 뽑혀나오는 단편들이며, 디아벨리와 달레시오 카를로스와 슈베르트의 몇몇 음표로 대체되는 것이고, 그리고 어둡고 혼돈스럽게 매몰되어 부서지기 쉬운 빛으로부터, 어두운 신비로부터 뽑혀온 것임을 감지한다.

그러나 뒤라스의 한 텍스트를 읽는다는 것은 비록 그 기호가 형언할 수 없다고 하더라도 인식의 흔적을, ─ 내가 뭘 알겠는가? ─ 세상의 이유에 대해서 가르쳐주는 실마리를 가로챘다는 것을 확신하는 일이다.

그 흔적은 사람들이 기대조차 하지 않을 때 번개와 비슷한 섬광 속에서 누설된다. "나는 오직 외칠 뿐이다"라고 그

♟   앞의 시에서 말한 내용을 취소하는 시.

녀는 도전하듯 내뱉는다. 외침은 어떤 선행 연구 또는 이전의 것을 표방하지 않는다. 외침은 그것이 나타날 때 필연적인 헐벗음 속에서 던져진다. 그리고 독자는 정면에서 그것을 받아들인다. 독자는 바로 이것을 가진다. 뒤라스의 글쓰기는 독자에게 갑자기 볼 것과 들을 것을 주기 때문이다. 뒤라스의 글쓰기가 지닌 무한히 달아나는 힘, 다시 말해 마치 아직 보이지 않고 이해할 수 없고 침묵한 채 남아 있는 것을 이해하도록 해주는 힘을 의식하듯이 말이다.

작품은 너무나 떨려서 마침내 잘못 끝나버려 거북하게 만들고 마는, 그래서 독자를 절대적인 불안에 두고 마는 신성한 긴장감을 지니게 된다. 이것은 형이상학적인 진정한 소명으로 돌아가려는 문학의 이상한 힘이다.

이런 글쓰기의 저변에서는 항상 심연과 사막에 대한 공포가 들린다. 일종의 상처를 주는, 고통스러운 헐벗음 속에서 너무 멀리, 너무 깊이 간 것에 대한 두려움이 들린다. 하지만 그것은 빛을 비추는 "치명적인 필요성"이다. 빛의 투명함이 너무 커서 그것은 라신의 대화에서처럼 "아무 것도 아닌 것으로 만드는", 그럼에도 불구하고 그가 말하듯이 비밀의 한가운데로 가는 고전적인 것이 될 수밖에 없다. 그녀 즉 뒤라스의 삶은 글쓰기에 먹혀서 이렇게 만들어진다. 그녀가 자신을 이끌어가는 모든 권위를 글쓰기에 부여하기 때문이다. 그래서 그녀의 삶을 이야기한다는 것은 무엇보다 그녀가 어떻게 쓰는지, 또 어떻게 그녀가 이 불가항력에 빠져드는지를 드러내는 것이다. 그 나머지, 다시 말해 존재, 한 세기를 가로지르는 이 횡단의 표지들은 신화 속에서 변형된 지표들인데, 이것들이 "뒤라스적 전설"을 만든다. "나는 나만큼 개인적인 삶을 가지지 못한 사람을 알지 못한다"라고 그녀는 『카미옹』에서 말한다. 그만큼 글쓰기에 대한 억누를 수 없는 이 갈망이 그녀의 모든 것을 취하고 삼켜버리는 것이다.

또 다른 곳에서 그녀는 여전히 "나는 나 자신이 존재하지 않는다는 느낌을 갖고 있다"라고 말한다. 모든 것, 인도차이나, 어머니와 제방, 인도차이나에서 태어난 백인 소녀의 대수롭지 않은 서사시, 정글 속으로의 도피들은 이 글쓰기라는 혼합된 장소에서 변형된다. 그때부터는 정말로 그것이 존재했는지는 거의 중요하지 않다. 그녀는 최근 텔레비전 방송에서 단도직입적으로 피에르 뒤 메이에게 말했다.

"내가 만약 어떤 것을 이야기한다면, 그건 사실이기 때문입니다. 중요한 것은 꿈꾸는 삶에게 하듯이 실제 삶에 의미를 부여하는 것이에요. 그리고 존재와 그 존재의 욕망이 변형되도록 하고 글쓰기에 사료로 주어지는 이 물질적이며 환영적인 삶을 가는 대로 내버려두는 것입니다. 삶을 완전히 그 정체성을 알지 못하는 '존재-파일럿'에 맡기고 취한 배를 모험 속으로 떠나보내세요!"

"나는 누가 글을 쓰는지 잘 모르겠다"고 그녀는 고백한다. 거기서부터 가족이라는 고문서를 끌어낸다. 그것을 가정하는 것이 그녀가 그것, 즉 글쓰기 때문에 죽을 수도 있다는 사실을 알면서 살아남도록 허락하는 것이다. 뒤라스의 사진들을 관찰하는 것은 그녀 삶의 신비와 동격인 글쓰기의 신비를 이해하는 것이다. 사진에는 심연에서부터, 그리고 절망의 주변에서, 그녀가 시선 속에서 드러내는 무에서부터 가져오는 것들이 있다. 마치 그녀가 눈물겹도록 많은 폭력 때문에 학살되고 파괴된 것처럼 그녀 자신에게로 되돌아오는 사진들. 이런 음화들을 통해서 그녀를 바라보는 것은 그녀의 텍스트를 읽는 것과 같으며, 죽음과 가까이 있는 것과 같다. 왜냐하면 "글쓰기"는 그녀에게 자살하는 것과 같기 때문이다. 그러나 이때 자살은 "죽음에 의한 것이 아니라고" 말한다. 바로 이 때문에 그녀의 작품은 그토록 먼 곳까지 울림을 가져간다. 그녀는 본 것과 아는 것을 가져온다. 왜냐하면 그녀는 쓰기 때문이다. "쓰지 않기 때문에" 자살한 안 마리 스트레테르와는 반대의 길이다. 그러나 "이 대단한 불행"은 여전히 끔찍하다. 이 불행은 두려움을 자아낸다. 불행은 무서운 메아리를 되돌려주며, 자기 방식대로 자살의 다른 형태를 기록한다.

따라서 뒤라스의 삶, 그것은 이러하다. 전적으로 가장 큰 바닥을 향한 이 시선은 자기 한계에 이르기까지 자신에게 종속되어 도달할 수 없고, 가장 현기증 나는 시선이다. 가끔 심연이 나타나 입을 벌리고 동경한다. 그것은 광란의 위기들을 비워버리는 것이다. 혹은 깊은 코마 상태에 잠기는 것이다. 혹은 지금처럼 소멸에 이르기까지 자신을 소모하는 것, 다른 사람에게 이르기까지 삭제하는 것이다. 그러나 결국 무엇이 중요한가? 이 존재에 대해서는 이미 오직 운명이 그것을 강요했던 것을.

그녀는 자신이 겪었던 모든 체험과 그녀가 했던 모든 참여에서부터 작품을 끌어냈다. 관념론자가 아니라 시인으로서 말이다. 그녀가 세상에 참여하는 것, 한입 물기, 백일하에 열정을 펼치는 것은 그녀가 자유롭다는 증거다. 또 비밀들이 떠오르는 데 필연적으로 요구되는 광기의 증거다. 오늘날 순응주의자들에 의해 지나치게 가공되어 그녀를 놀려대는 사람들은 그것을 이해할 수 없다. 심지어 겉으로 적당하고 순응적인 부르주아들에게까지 읽힐 만한 이야기를 쓸 때조차 그녀가 도달하고자 했던 바는 이미 이런 광기를 향해 나가는 것이었다. 그녀는 항상 다른 상태에 있다. 그녀가 말하기를 앞서 있는 것이다. 다시 말해 이 것은 이성적인 것과 사려 깊은 것에 선행하는 상태인데, 이런 비공식적인 것 속에서, 그러한 외형 속에서 의미를 풀어놓는다. "내가 글을 쓸 때 도달하려는 것은 바로 그런 상태다"라고 그녀는 말한다.

사실 우리가 그녀를 용서할 수 없는 것은 바로 이런 점 이다. 의심을 뿌리고 제도를 문제 삼고, 기존 질서에 영향 을 미치는 그녀의 광기 말이다. 이처럼 아무것도 제자리에 두지 않기 위해 사물들의 불안정화를 꾀하는 것, 그렇지 않다면 이 큰 빔, 이 틈의 밀도, 그 절대적인 존재, 릴케의 말을 빌리자면 "열림"…….

그녀는 땅을 견고히 하는 대신 섬들의 분쇄와 그들의 지 치지 않는 풍화작용과, 각각 그들 나름대로 다성화음적으 로 먼 추억의 파편과 종교적 진리들을 놓아버리는 음악의 씨앗들을 선택했다. 그녀는 옛날에, 선사시대의 동굴 천 장에 채색된 동물벽화를 의미하던 팔다리가 잘린 손 앞에 서 황홀감에 넋을 잃었다. 사랑과 부름의 외침과도 같은 손, 수천 년 된 시간의 어둠에 몸을 내맡기는 손. 수천 년의 시간 동안에도 그녀가 질문하고 대답을 찾기를 시도하는, 그러면서도 세계를 조명하는 것에는 이르지 못하며, 그럼 에도 불구하고 드러내는 것 주변에서 독특하게 배회하면서 세계의 정면에 던져진 책들처럼 동일한 동작을 반복하기 때문에 황홀해했다. 그래서 뒤라스의 작품은 신성한 것의 영역을 결코 떠나지 않는다. 우리는 결코 그것을 멈추지 않고 말할 것이다. 그녀의 말을 따르자면 그녀 글쓰기의 무례함은 그들의 신으로부터 "명령"에 의해 버려진, 그리고 병석에 누운 위대한 신비주의자의 무례를 닮았다. 그녀에게도 마찬가지다. 어느 날 그녀는 그 사실을 알았다. 그녀를 프랑스로 데려간 배 위에서였다. 아직 어린아이였던 그녀는 남성용 펠트 모자를 쓰고, 무도회 신발을 신고 있었다. 주요 장면은 이 배의 부두 위에서 사이렌의 울림과 그녀를 원초적 세계와 중국인 연인의 팔과, 탐험되지 않은 정글과 야생동물로부터 그녀를 결별시켜놓는 밧줄의 삐걱거리는 소리와 더불어 연기되었다.

이 숙명적인 날, 숙명적인 차원의 날, 오로지 글쓰기만이 전부였다. 탐색의 추구. 앞으로 나아가기만 해야 한다. "더 이상 다른 선택은 없다." 서로 섞인 삶과 작품은 신비를 발견하고 그것을 옮겨 씀으로써 글쓰기의 역할을 잘 보여주는 본보기들이라고 할 수 있다. 이것은 젊은 세대의 독자들에게 글쓰기가 무엇인지를 보여주는 것이다. 그녀와 더불어 모든 것은 글쓰기처럼 다시 세워진다. 왜냐하면 그녀는 루크레티우스에서부터 프루스트에 이르기까지 가장 위대한 사람들이 그들의 것을 가져왔던 곳, 즉 가장 높은 차원의 진실과 투명성에 다가서는 드문 작가이기 때문이다.

"나는 나를 돌보지 않았다"고 그녀는 비밀을 털어놓을 수 있었다. 그녀가 겪었던 시련과, 그녀가 스스로에게 부과했던 폭력, 그리고 그녀가 행했던 위반에도 불구하고 그녀의 끈질김에는 일관성이 있었던 것 같다. 그것은 그녀가 계속해서 쓰기 때문이다. 어둠이 조금씩 엄습함에도 불구하고, 그녀는 이성을 삭제한 채, 이성의 결핍 상태에서, 자신의 텍스트가 늘 지향하는 출구인 맹목적인 상태로 여전히 글을 쓰기 때문이다. 그녀는 그 정도로 비이성적이고 무한한 존재 속에 있다. 육체와 정신은 취한 배처럼 느슨해진다. 그것들이 이제 그녀를 사물의 한가운데로 데려간다. 그 속도는 그녀가 그 사물에 대해 늘 하던 습관처럼 아직 몇몇 메아리를 전사할 시간을 가질 때조차 너무 빠르다. 그래서 우리가 알지 못하는 『마르그리트 뒤라스의 글』의 이야기들이 제일 먼저 되돌아온다. "여전히 쓰이지 않은 책과 함께 있는 것, 그것은 여전히 인류 최초의 잠 속에 있는 것이다." 그녀는 오늘날에도 이런 삶 가운데에 있다. 앞이 아니라 이 밤 속에 있다. 그녀 속에 지니고 있는 것 그리고 확실히 쓰일 가치가 있는 유일한 것 속에 말이다. 나는 뒤라스가 또 다른 책을 쓸 것인지, 여전히 처음 시작한 노래를 따라갈 것인지, 마치 그녀가 코마의 다음 날 그것을 되찾았듯이, 보들레르처럼 자유롭게, 손대지 않은 채로 다시 시작하는지 알 수 없다.

정확히 말해서 이 코마의 다음 날 모든 것은 다시 시작되었다. 이 노년의 왕좌, 언어의 특성, 『북중국의 연인』을 집필하는 동안 그녀 스스로를 놀라게 할 최초의 매력. 모든 것, 그리고 스스로 세계의 수취인으로서 세계의 흐름 속에 연결되어 있다고 믿는 이런 방법들 말이다.

코마에서 겨우 벗어나던 날, 그녀는 사실 무슨 요일인지, 또 며칠인지를 걱정했다. 지금 세상에서 일어나고 있는 일에 대해서 알고 싶어했다. 우리는 그녀에게 톈안먼 광장의 학생들이 반란을 일으켰다고 대답했다. 그녀는 이 우연을 즐겼다. 왜냐하면 자기 안에서 어떤 징후를 봤기 때문이다. 세계의 부정의 한가운데서 요청되는 자유, 그와 동시에 그녀가 다시 태어나는 징후 말이다.

그 이후 의학적인 치료는 더 까다로워졌다. 이제 그녀는 다른 영화를 찍을 기력이 없었다. 하지만 책도 똑같이 긴급한 상태로 그녀를 불렀다. 코마 때문에 버려진 원고 페이지들이 있었다. 마치 마리 르그랑이 남중국해에서 지녔던 열정과 같이 "삶-글쓰기"가 그녀를 한아름 지탱하고 있는 것처럼 말이다.

그녀가 되찾은 삶은 그녀를 탐욕스럽게 만들었다. 1989년부터 1994년까지는 과감하고도 밀도 높은 지적 활동의 시기였다. 그녀는 모든 것에 대해서 이야기하고 싶어했다. 세계에서 일어나는 모든 것을 이해하고 그것의 불확실한 메커니즘을 분석하고 싶어했다. 이미 『물질적 삶』에서 그녀가 말했듯이 그녀는 마치 "거침없는 말의 자유 속으로" 던져졌다. 그녀는 자신에게 영감을 주는 모든 것 또는 사회의 이런저런 사실과 사건, 그리고 중요한 인물을 일종의 인상주의적 사유 방식으로 파악하고 싶어했다. 그 점에 대해서 전문 기자들은 분노하기 시작했다. 그들은 이런 충동적인 저널리즘의 형태를 인정할 수 없었다. 그렇지만 그들은 그녀가 영화의 스타나 사기꾼이나 강간범이나 수녀나 죄수들과 인터뷰를 했을 때도, 그녀가 『보그』나 『옵세르바퇴르』로부터 생활을 연명하던 시기에 늘 이것을 실천해왔다는 사실을 알지 못한다.

삶 속으로 돌아온 것은 그녀에게 새로운 자유를 가져다주었다. 그녀는 "참을 수 없는 가벼움"을 가지고 순간의 유동성과 헛됨 그리고 시간의 달아나는 은총을 누설한다.

그러나 이 시기에 그녀의 이야기와 그녀의 모든 미학이 드러난다. 겉으로는 마치 혼란스럽게 모인 것 같지만 마침내 의미를 드러내는 것처럼 말이다. 만약 쓰지 않는다면 삶이란 무엇이냐고 자문할 정도로 그녀는 그것만, 즉 글 쓸 의무만 있다는 것을 안다. 그녀는 무엇을 닮았을까? 얀 앙드레아는 일상적인 일들을 한다. 그녀를 감동시켰던 일 종의 자식과도 같은 사랑으로 그녀를 돌본다.

"그는 내게 좋은 사람이에요. 아시겠어요?"

그는 그녀를 산책시킨다. 사람들은 종종 그들을 알아본 다. 그들은 토마스 만이나 루키노 비스콘티의 향수에서 태 어난 19세기 소설의 주인공들을 닮았다.

그들이 어린아이처럼 도전적으로 몰두해서 같이 세를 든 로슈 누아르의 사람들을 화나게 하곤 했던 엉뚱한 행동 이 잠잠해지면, 그들은 자신들의 기쁨과 순진무구함을 완 전히 소진했다. 그녀는 "노동"에 갇혀 일한다. 시간의 세력 에서 끌어낸 많은 기호를 쓴다. 규칙적인 치료가 그녀의 글 쓰기를 중단시킨다. 열과 호흡 부족이 그녀가 계속 글을 쓰 는 것을 방해한다. 병이라는 또 다른 숙명에 그녀는 항복한 다. 트루빌에서 그녀가 봄여름의 거리에 접어들 때, 바다의 무한을 향해서 열린 창문은 그녀에게 휴식과 명상과 관조 의 시간을 허락해준다. 그녀가 모든 신화와 사물의 시작과 끝을 받아들였던, 모든 것이 있었던 이 트루빌에서, 그녀가 죽기를 원했던 영원한 장소, 트루빌에서 말이다.

그녀가 말하듯이 삶의 그것, "사라짐"을 있는 그대로 받아들인다. 이 강요된 재앙에는 다른 약이 없다. 그럼에도 불구하고 글쓰기, 그것의 마술, 그 마술적 행렬은 마침내 정화된다.

그녀에게 얀 앙드레아의 존재가 꼭 필요했을까? 그녀는 그가 확실해질 수 있도록, 완전하게 자리를 차지할 수 있도록 자신의 고유한 작품 속에 그를 통합시켰던 것이 아닐까? "그 사랑은 내가 그에 대해 가지고 있었지만 그는 나에 대해 가지고 있지 않았던 것, 그가 나에 대해 가지고 있지 않다고 생각한 것이었다. 하지만 그건 나만이 그가 그 사랑을 가지고 있다는 것을 아는 유일한 사람인, 바로 그 사랑"이라고 그녀는 그들을 연결시킨 이 관계에 대한 모든 질문에 이렇게 대답한다.

"검은 더미"에서 오는 목소리를 가진, 다른 정보가 없기 때문에 그녀가 "방"이라고 부른 것에서 오는 잘 들리지 않는, 그리고 어두운 목소리를 지닌 그녀라는 전 존재의 이상한 충돌.

이 단어는 그녀를 그렇게도 열렬히 붙잡고 있었던 것, 즉 글쓰기에 대해서 말하는 것처럼 모든 것에 대해서, 혹은 아무것도 아닌 것에 대해서 말하는 것이라고 이해하는 것으로 충분하다. 또 이 단어를 통해 영혼의 뮤지카의 강렬한 폭력성을 파악하면 된다. 그녀는 자신이 썼던 것처럼 말했고 또 살았다. 따라서 그녀의 삶과 글쓰기 사이에는 결코 어떤 왜곡도 없다. 그래서 이 비밀의 탐구에 전적으로 열중해 있을 정도로 그녀의 삶은 더 이상 자신에게 흥미롭지가 않았다. 중요한 것은 그녀가 살아가는 방식 혹은 생존하는 방식이다. 그것은 그녀가 글쓰기라는 이 괴상한 괴물에 대해서 보여주었던 충성스러움이다. 또한 중요한 것은 그녀가 막연히 앞으로 나아가기만 한다면 텍스트건, 영화건, 기사건, 책이건, 에세이건 문제 될 것 없이, 그것의 필요성에 보여주는 충성스러움이다. 그녀와 랭보, 로트레아몽, 프루스트, 베케트, 레리스, 생텍쥐페리처럼 커다란 비밀에서 반사되는 메아리를 살짝 스쳤을 뿐인 사람들에게 충분할 정도의 선명함은 없다. 그와 반대로 여전히 더 어두운 밤만이 있을 뿐이다. 위험에 대한 취향과 비밀들을 지우고 무화하는 최후의 모험만이 있다. 사람들은 이런 의미에서 마르그리트 뒤라스의 소멸에 대해서, 그리고 경계선에 죽음이 내재한 이 경험에 대해서 이야기한다. 성스러움이 세속화된 형태라고 어쩔 수 없이 비교하는 것이다. 이런 가설에 대해 어느 날 한 신문 기자는 "성녀 마르그리트 도나디외"라는 주목을 끄는 이상한 제목을 통해 (그녀를) 풍자했다.

만약 우리가 태초에 글쓰기와 예언은 한 몸이었다는 사

실을 인정한다면 그보다 더 잘 말할 수는 없을 것이다. 이처럼 폭력적인 "열정"을 부여받은 이들이 있다. 그곳에서는 어떤 일도 일어날 수 없을 것이다. 아무도, 그 어떤 것을 할 수 없다. 빈정거림도 일시적이고 허무한 욕설도 소용없다. 고통이 가장 큰 부분을 차지하는 여정이, 던지고 압제하는 것이 좀처럼 끝나지 않는 여정만이 남아 있다.

뒤라스는 그녀의 삶으로부터 작품의 진액을 뽑아냈다. 모든 것은 인도차이나에서 이루어졌다. 그 후 문학이 그것을 교대했다. 욕망의 힘, 환영의 힘은 이야기를 자기 방식대로 재구성했다. 비참한 에덴 시네마의 오케스트라 박스에서의 소위 밤 공연, 어머니가 매달 고급 브랜디 값을 지불하기 위해 피아노를 연주하는 것을 들으면서, 심지어 매주 목요일 오후에는 쇼롱의 독신자 기숙사에서, 무겁게 짓누르는 기후에는 정글 속으로 도망치면서, 테니스장의 흰빛 속에서 소위 수아레♟라고 하는 것을 구성했다. 신비롭고 확실히 가장 진실한 이 삶 외에 다른 삶은 없었다.

그 삶은 너무나 사실적이어서 마침내 뒤라스의 정신적 공간을 점령한다. 그녀의 '정글'은 이 '빛나는' 존재의 흩어진 조각들을 초현실주의자들이 만들었던 일종의 콜라주

♟　사교적 성격을 띤 저녁 모임.

속에서 모은다. 그녀는 삶의 마지막 구간에서 안남족 노파들에게서 볼 수 있는 일시적인 단순함을 되찾는다. 그녀는 사치도 특별한 안락함도 필요로 하지 않는다. 그녀의 사무실은 이러한 삶의 금욕과 글쓰기의 초안에 잘 어울리는 수도자의 어떤 것을 지니고 있었다. 내가 그녀를 마지막으로 봤던 때에 그녀는 오직 그것만을 지니고 있었다. 다시 말해 노부인에게는 어울리지 않는 무례함과 그녀의 목에 구멍을 뚫었던 노즐에도 불구하고 계속해서 어떤 협박과도 같은 진실을 드러내는 말의 소동들을 말이다. 그러나 내가 깨버리기를 주저했던 두 침묵 사이에서 그녀는 늘 그녀의 전 생애에서 그녀를 앞으로 나아가게 했던 본질적인 질문으로 되돌아왔다. 글을 쓴다는 것은 무엇인가? 글쓰기는 무엇에 소용되는가?와 같은 질문이었다.

생브누아 거리에서 우리가 마지막으로 만났을 때 어떤 감동적인 것이 있었다. 바깥의 자동차 소음이 우리에게까지 올라왔다. 우리의 첫 만남이 있었던 1972년만큼 거리가 소박하지는 않았다. 지금은 식당과 나이트클럽까지 이 거리를 가득 채우고 있었다. 이것들은 그녀가 과시하던 시골 마을의 분위기를 제거해버렸다. 그럼에도 불구하고 이 저녁에는 안심시키는 어떤 것이 있었다. 즉 뒤라스는 양보 없이, 무장해제하지 않는 용기를 가지고서 여전히 거기에 있다. 마치 그녀가 여전히, 그리고 항상 "파괴하라, 파괴하라"라고 말하는 것처럼 그녀에게는 아직 혁명에 대한 도전이 머무르고 있다.

하지만 그 반순응주의는 하는 척하는 것이 아니었다. 그것은 댄디즘의 포즈가 아니었다. 그것은 내부에서부터 나오는 필요성이었다. 그것은 형이상학적인 깊이를 가지고 있었다.

그녀는 자기 내부에 삶의 힘을 다시 주입하는 일종의 "유쾌한 절망" 가운데서 그 나이의 영예를 체험하고 있었다.

이야기는 그녀의 마지막 생애까지 이렇게 반복될 것이 틀림없다.

"글을 쓴다는 것만이 중요합니다. 그 나머지, 존재, 예전의 호기심, 논쟁, 토론, 그리고 심지어 만남까지도 더는 관심을 끌지 않아요. 모든 것은 이제 가지치기되고, 비워집니다. 글쓰기가 자리 잡은 그 본질에까지 가야 합니다. 그후 모든 것은 이름 붙일 수 없는 그곳에 멈춰서서, 그 이름 붙일 수 없는 것을 끈질기게 물고 늘어지면서, 그것을 재빨리 파악하기 위해 바싹 뒤따라야 할 테죠."

말할 때 그녀는 어려움을 느낀다. 그녀의 목에 구멍을 뚫은 이 작은 기구의 관이 공기를 찾듯이 움직인다. 그녀는 자기 손으로 그것을 규칙적으로 잡고, 즐겨 착용하는 표범무늬의 모슬린 천 혹은 인도의 면으로 된 이 작은 목도리로 겨우 감춘다.

심지어 이런 고통스러운 상태에서조차, 그리고 이 죽어가는 육체에서조차, 거의 소진한 이 연약한 실루엣의 이 육체 속에서 그녀가 끌어내는 힘은 방문객들을 놀라게 한다. 그 힘은 그녀가 긴 반짝이는 터키석 에메랄드 반지 위에서 다시 쥐어지는 그녀의 주먹의 경련에서, 갑자기 확고하게 굳어지는 그녀의 턱에서, 그녀가 이 작은 금속 도구에 기대면서 통제하기를 시도하는 이 목소리에서 알아차릴 수 있다. 그녀는 결코 스스로 벗어버리지 않을, 제방의 시기♟ 이후부터 줄곧 자신을 지탱하는 신랄한 언어에 사로잡혀 있다. 마치 그녀 속에 어떤 것이 어머니 마리 르그랑에게 복수하기를 원하는 것처럼 말이다.

"나는 내 안에 죄성을 가지고 있다는 것을 안다. 일종의 악의성을……"이라고 그녀는 말한다. 그리고 예언자적이며 암살하는 힘을 지닌 사나운 말이 누설된다. 그때 그녀는 자신이 인간에게 그들의 야성을 돌려주기를 원한다고 말한다. 문명이 그들을 약화시켰으며, 그들은 더 이상 그녀처럼 증오와 비수와 피로 죽일 필요성을 갖지 않고, 안

♟　『태평양을 막는 제방』을 뜻한다.

이한 상태에 있다고 말한다. 그녀는 텔레비전 생방송에서 "정치적으로 올바른" 자들에게 도전적인 문장을 스스럼 없이 내뱉는다. 르펜과 발라뒤르는 단호한 극단화로 처분되었다.

그럼에도 불구하고 그녀는 다른 사람들이 아이들에 대해 얘기하기 시작하면 연민을 가진다. 나는 그녀에게 내 아이들의 사진을 보여준다. 그녀는 내 아들에 대해 얘기한다.

"이 아이는 매력적이지는 않군요. 마치 부처처럼 고전적이에요." 그녀는 어떤 특징을 알아볼 수 있는 원초적인, 그녀의 말대로 "수천 년 전의" 힘을 가진 사람들 앞에서만 부드러워진다. 두려움을 자아내는 빠른 판단력을 가지고서 말이다.

그녀는 자기에게 "바보 같은 소리를 한다"고 주장하는 사람들을 비웃는다. 그건 아무래도 좋다. 그녀는 마치 종교적인 이야기처럼 진실에 가닿는, 무례한, 더러운 것을 닦아내는 말의 섬광을 가지고 있다고 확신한다.

랭보처럼 그녀는 마지막 호흡까지 외칠 것이다. "'검은 방'의 목소리를 질식시키는 이들에게, 또 스스로의 존재에 대해 전적으로 무지한 상태에 있는 이들에게 나는 당신들의 것이 아니라고 말이다."

생브누아 거리의 작은 서재에는 변하지 않는 어떤 것이 있다. 다리가 휜 스탠드에서 흘러나오는 창백한 불빛, 집기들을 뒤덮은 온갖 종류의 종이, 높은 창문으로 미끄러져 들어오는 파리의 회색빛 우울, 이 모든 것이 예전 그대로다. 포기란 없다. 듣고 수용하는 것뿐이다. 전화가 자주 울린다. 그녀가 얀 앙드레아라는 필터를 거치지 않고 대답할 때 대화의 중심은 항상 작품이다. 하지만 그녀는 또한 타인에게 관심을 가질 줄 안다. 그들의 소식을 들을 줄 알고, 틀림없이 그녀를 놀라게 했을 세부 사실에 대해서는 기다릴 줄 안다. 대화는 어쩔 수 없이 낭만적으로 되고, 뒤라스의 상상력이 다시 떠오른다. 마치 엎드려 있었던 상상력이 항상 밤으로부터 다시 나타나려 애쓰고 이후에는 음악이 전개되는 것처럼.

이곳, 생제르맹 데 프레의 이 방에서 나는 끔찍할 정도로 강렬하게 이 사건의 힘을 느낀다. 이것은 고행이 아니라 정금과 불에 이르기 위해 항상 더 강렬하게 축소되려는 힘이다.

이 존재의 주된 동기는 그녀 주위에, 우리 주변에 다시 모인다. 우리가 그 옆에서 목소리와 발자국 소리를 들을 수 있는 얀 앙드레아라는 인물에 이르기까지.

지금 평가하는 작품의 오래전 진행 상황을 떠올린다. 지금 보면 그때 온 힘을 다했다. 시간의 교착에는 감동스러운 무언가가 있다. 당시에 예상되고 이미 일어난 모든 것은 이제 진실과 방법에서 완전하다는 것이 확인되었다. 뒤라스는 자신의 "검은 방"의 메아리에 충실했다. 그녀의 텍스트들에서 드러나는 뒤틀림, 그것들의 진화는 그녀가 마음속에 그렸던 진실의 도정을 손상시키지 않았다. 중요한 것은 항상 밤으로 걸어 나가는 것, 해독되지 않는 것, 표현될 수 없는 것을 말하는 것이었다. 영화에서 항상 열린 공간을 두는 창문과 거울♠처럼 텍스트 또한 항상 무한한 것을 향해 열려 있다. 현기증을 느끼기 위해서는 거기에 몸을 숙이는 것과 고통을 인정하는 것만으로도 충분하다. 그리고 이러한 결핍의 인상은 존재하는 것의 불행을 구성하는데, 그럼에도 불구하고 그것을 이해하기 위해서는 자료들을 곡괭이로 파내야만 한다.

그때 내게 나타났던 것은 이 작품들의 대단한 응집력이다. 뒤라스는 그것 때문에 "위대한 작가"다. 그녀는 동일한 것만을 말했다. 그것은 욕망과 열락의 탐색이었다. 항상 말은 마침내 유일하고도 모방할 수 없기에 패러디 작가들을 불쾌하게 했다. "파렴치한 사람들"부터 "글을 쓴다는

♠   뒤라스가 직접 연출한 영화에는 항상 창문과 거울이 있다.

것"에 이르기까지 사실 동일한 음악이 전개된다. 바흐나 디아벨리의 변주곡처럼, 그리고 슈베르트의 단조롭고 음울한 악보처럼, 몇 개의 음표를 가지고 피아노를 치는 것, 그리고 모든 게 너무 늦었다는 불행을 말하는 것 말이다. 조용하고 낮은 목소리가 계속 들린다. 마치 그녀가 숨을 참는 것처럼, 동시에 청중도 그런 것 같다.

1995년 1월 자그레브. 크로아티아 사람들이 뒤라스의 영화가 상영되는 영화관의 문이 열리기를 기다리고 있었다. 그날 저녁에는 분명히 「대서양의 연인」♟이 상영되었다. 검은 스크린은 그들에게 겁을 자아내지 않는다. 뒤라스의 목소리가 그들 사이에서 순환한다. 나는 이 매력을 이해했고, 그것을 설명할 수 있다고 생각한다. 이 목소리는 결코 다시 내려오지 않는다. 이 목소리는 침묵이라는 넓은 해변을 가지고 동일한 음색을 지닌다. 마치 목소리가 그녀와 청자의 숨결을 동시에 지니는 것처럼. 이것을 들을 때는 마치 일종의 연도를 듣는 것과 같다. 우리 모두는 이미지의 부재, 검은 화면을 운각으로 나누어 읽는 것, 그리고 트루빌 바다의 흔적들을 받아들인다. 이것은 그리스 비

♟   이 영화는 대사가 거의 없고 화면 전체를 검게 처리한 것이 대부분이다. 이따금 트루빌 바닷가를 바라보는 얀 앙드레아의 얼굴이 비친다.

극에서처럼 서창부의 서정과 유사하다. 합창단의 노랫소리와도 유사하며 서로 교체된다. 그리고 여기서 이 노랫소리들은 트루빌의 파도 소리, 간조, 갈매기의 아우성, 배의 경적과 섞인다.

방에는 마르그리트 뒤라스의 숨소리 외에 그 어떤 숨소리도 없다. 이미 「나탈리 그랑제」와 「인디아 송」과 「모데라토 칸타빌레」와 「뮤지카」의 리듬에 익숙해진 관객들은 이해하려면 먼저 뒤라스의 모든 영화 속에 똬리를 튼 이 신비를 수용해야 한다는 사실을 알고 있다. 따라서 그들은 입을 다문다. 감히 기침을 하지 않고 자세를 바꾸지도 않는다. 그것은 충분히 인상적이다. 「대서양의 연인」의 어둠은 점점 더 스크린을 점령한다. 크로아티아의 관객들은 이 대담함으로 인해 영상 뒤에서 갑자기 나타난 이 어둠에 의해 질식당한 듯하다. 드물게 폭발해버리는 영상들의 침묵은 대단한 밀도를 지녀 그 이미지들은 마침내 그것들 스스로 침묵이 되어버린다. 사람들은 이미지에서 벗어나 있으며, 그녀의 목소리만 듣는 데서 위안을 얻는다. 뒤라스는 영화관에서 우리에게 어둠을 사랑하도록, 우리로 하여금 그 속으로 들어가도록 하는 대단한 일을 해낸다. "살아 있는 사람, 그가 어떤 사람이든, 그가 속한 사회가 어떤 것이든, 모든 시대의 삶이 바탕을 두고 있는 것이지요." 시간이 천천히 흐르고 나는 조금씩 여기 뒤라스의 제국에 있는 모든 사람처럼 영향을 받는다. 뒤라스적이다 혹은 그렇지 않다고 말할 수 있도록 하는 그것 말이다. 독자 개개인과 함께 그녀가 만들어낼 줄 아는 이 이상한 친밀감, 사람들이 그녀의 친밀한, 유일한 친구라고 믿도록 하는 그것 말이다.

자그레브 바깥에서 삶은 이어진다. 뒤라스의 모든 영화를 상영한다는 것은 무모한 짓과 같다. 우리는 푸른 베레모를 쓴 포르프로뉘의 군인들과 마주친다. 세르브에 대항하는 공격전으로 들어간다는 위협이 구체화된다. 그러나 무엇이 중요한가? 계속해야 한다. 자그레브에서 문화적인 삶은 마치 적의 공격을 피하려는 것처럼, 무기와는 다른 것으로 불행을 몰아내려는 것처럼 강렬하다. 오늘 저녁 정확히, 사람들은 스트라빈스키의 음악회를 상연하고 다른 곳에서는 카미유 생상스의 「삼손과 데릴라」를 연기한다. 뒤라스는 이 풍부한 예술의 푸닥거리 속에서 자기 역할을 한다.

「대서양의 연인」을 상영하는 동안 나는 이 작품의 삶 속으로 우연히 들어갔던 1971년 11월의 만남을 다시 떠올린다. 뒤라스의 목소리는 내가 나 자신에게로 돌아가는 내내, 나를 구성했던 이 긴 25년의 항해 위로 때로는 분명하게, 때로는 보이지 않게 나를 따라다닌다.

우리 모두가 영화 속에서 공감대를 갖는 그 시간에 나는 뒤라스에게 가까이 다가갈 수 없다. 그녀는 마치 「대서양의 연인」이라는 이 영화에 드물게 나타나는 바다의 이미지에 점령당하는 것처럼 이 어둠을 다시 만난다. 그 속에 잠긴다. 내가 파리를 떠나기 바로 직전 걱정스러운 소문들은 내게 그녀의 상태가 좋지 않다고 말해주었다. 그녀를 잠식했을 수도 있는 어둠, 그녀가 몹시도 탐색했던 이 어둠은 "죽음 너머에 있는, 완전한 한 개인의 역사적 그늘"이다.

「대서양의 연인」의 노래는 그 자체만으로도 뒤라스의 절망을 요약해준다. 얀 앙드레아의 고정된, 강박적인, 조종되고, 안내하는 영상은 침묵, 밤, 그리고 그녀가 비밀에 침투하기 위해 탐험하기를 멈췄던 이런 추론들과 교차한다. 나는 그녀가 "읽힐 수 없는" 근접성을 가지고, 그러나 마치 우리 각자 모두 속에 육체적으로 있는 것처럼 말하는 것, 즉 텍스트를 느낀다. 나는 뒤라스의 고통을 듣는다. 그녀가 각각의 텍스트 속에 낮은 목소리로 멈추지 않고 불가능한 사랑과 불가능한 관계를 속삭이는 것을 듣는다. 영화를 운각으로 나누는 밤의 시간이 그녀의 목소리 때문에 살며시 흔들린다. 그녀는 그들, 아마 "항상 열쇠를 지닌, 타고난 복잡한 혼합물"들을 잘 처리한다. 나는 깨진 틈, 고독, 쇠약, 탐색의 집요함을 듣는다. 바다에서 밀려오는 연이은 파도가 가끔씩 스크린을 밝히러 온다. 녹음 필름의 소리들 또한 희망을 가지러 온다. 그러나 그들의 되씹기는 헛되이 비극적으로 끝난다.

파리에서는 비슷한 시간에 친구들이 그녀의 번호로 전화한다. 대개 그들은 마르그리트 뒤라스 옆에 있을 누군가와 통화를 하는 데까지 성공하지 못한다. 마치 그녀에 대한 망각이 불가항력적으로 완성되어야 할 것처럼 전화번호는 자주 바뀐다. 이것이 그녀로 하여금 세상의 소요로부터 도망치게 하는 것이며, 그녀로 하여금 「나이트호」의 방황과 다시 만나게 하는 것이다.

「대서양의 연인」의 상영을 마친 후 관객들은 시간이 많이 늦었음에도 불구하고 모임을 계속하고 싶어 했다. 그들은 나에게서 여전히 뒤라스에 대한 이야기를 듣고 싶어한다. 그들은 절대적인 침묵 속에서 듣는다. 대학에서 뒤라스를 전문적으로 연구한 동시통역자의 목소리가 내 목소리와 겹친다. 그리고 이런 목소리의 중첩 속에서 그들 모두는 함께 이 작품의 비밀을 이해하려고 애쓴다. 영화가 색다름에도 불구하고, 그들은 공산주의에서 겨우 벗어난 이 사회에 영화가 거의 익숙하지 않은 볼거리를 준다고 해서 어리둥절하지는 않다고 말했다. 이 사회는 오랫동안 사회주의적 리얼리즘이 정신분석과 심연과 상상력을 대체해 왔다. 그들은 세상을 발견하고 싶어했고, 심연 속의 불타는 핵심에 다가가기를 원했으며, 겉으로 드러나는 혼란에도 불구하고 그 의미를 파악하고 싶어했다.

나는 그럼에도 불구하고 놀이가 이루어지는 것은 항상 동일한 장면이라는 사실을 인정한다. 자그레브의 관객들은 우리가 1970년대에 보러 갔던 사람들이다. 그들은 그들의 손이 미치는 데 있는 모든 번역물을 탐욕스럽게 읽는 바로 그 사람들이다. 뒤라스는 참석한 존재들의 공동체로 하여금 자신의 텍스트 속으로 스며들도록 하는 데 성공했다. 이들은 익숙하지 않은 울림을 듣고, 본질적인 것에 너무나 가까이 있다고 설득당한 채, 물리적 의미에서 동요되어 거의 불안한 상태에 놓였다.

그들은 「대서양의 연인」을 아주 좋아한다고 말했다. 하지만 이 영화는 프랑스에서 성공을 거두지 못했다. 검은 스크린은 터무니없어 보였다. 모험에 빠져들었던 대부분의 관객은 필름의 잠음을 무례하게 지배하는, 느리고도 깊은 밤을 확신하는 연도가 고통스럽다고 판단했다. 그들에게 뒤라스는 미리 대답했다.

"여러분은 유폐되었고, 병들었으며, 냉정과 계속해서 소화를 시키려는 불편을 겪고 있어요. 여러분은 영화를 다음 날 없이, 메아리 없이 겪고 있습니다. 우물 속에 단 하나의 돌이 있습니다. 여러분은 동일한 제작 조건에 의해 다수와 조잡함 속에, 오염된 것 속에 갇힌 영화를 보고 있는 겁니다."

나는 이 임시 기계를 가진 영사실의 작은 방에서 뒤라스의 작품이 지닌 중요성을, 마치 도전하는 듯한 그녀 말의 폭력성을, 캄캄하고 검지만 빛을 말하는 지대로 독자들을 데려가는 힘 있는 매력을 발견했다.

나는 그녀를, 그리고 얀 앙드레아와 그를 돕는 사람들의 세심한 주의 덕분에 호흡을 더 쉽게 하도록 도와주는 기계가 차지해버린 이 서재 겸 방을 생각한다.

그녀는 쓰지 않음에도 불구하고 글을 쓰는 것일까? 뒤라스는 생브누아 거리에 있는 자신의 아파트에 머물기 시작하면서 "숲과 강, 공기, 밤, 대낮, 길, 바다, 아이들, 도로, 사람들과는 먼 곳에" 있다. 그녀는 코마 상태에서 깨어난 다음 날처럼 "너무 잔인해요, 상상도 할 수 없어요"라고 덧붙일 것이다. 사맥과 쩔런과 개간지와 메콩강의 굽이로부터 너무 멀리 있다는 것에 대해서.

그래서 자그레브의 모임은 「대서양의 연인」을 통해 의미가 풍부해졌다. 이 모임은 의식에 대해 문학이 지닌 힘, 세상으로부터 완전히 버려짐에도 불구하고 문학이 지닌 무한의 공간이 어느 정도인가를 짐작할 수 있도록 해주었다. 이 모임은 내게 대부분 익명으로 오는 편지들에 대해 복수할 수 있도록 해주었다. 내가 그들이 알아들을 수 없는 상스러운 말로 '사이공의 누더기, 두꺼비, 골족의 상스러운 사람'이라고 부르는 사람의 작품을 위해서 일하기 때문에 프랑스에서 내게 정기적으로 욕설을 퍼부은 사람들의 편지에 대해서 말이다.

반대로 이 작품은 멈추지 않고 여전히 자신의 길을 추구하고 있다는 인상을 나에게 남겨준다. 너무나 잘 읽히는 세계 속에서 해독되지 않은 채, 절대적으로 혁명적인 방랑자 같은 자신의 길 말이다. 그리고 그것을 듣고 읽는 사람들은 여전히 무언가에 눈뜨고 구원받는 것처럼 보인다.

나는 이 사람들과 함께 있다는 것에 큰 자부심을 느낀다.

옮긴이의 말

알랭 비르콩들레는 해외에서 마르그리트 뒤라스에 대한 명실상부한 전기작가로 인정받고 있다. 그가 뒤라스에 대해 쓴 글은 저서를 포함해 총 열아홉 편에 이른다. 저자는 『연인』에 나타난 문장처럼 "길도 없고 선도 없는" 뒤라스의 삶의 여정을 훌륭하게 추적했으며, 이 작가를 독자가 더 잘 알 수 있도록 다시 읽고 싶게 만든다는 평가를 받는다.♟

저자는 프랑스에서는 처음으로 뒤라스에 관한 석사 논문을 썼다. 작가의 전기를 쓰려는 그의 여정은 파스칼에서 뒤라스로, 위스망스에서 생텍쥐페리로, 그리고 생 테레즈 다빌라에서 교황 요한 바오로 2세로 옮겨간다. 그는 자신

♟　미셸 카피에르, 『레스트 레퓌블리캥』.

의 이런 글쓰기 여정에 대해 이들이 모두 "절대를 탐구하며, 우리 눈에 보이는 세계를 초월한 영역을 추구한다는 점에서 같은 출발점을 가진다"고 설명한다.

저자는 뒤라스를 1972년 10월에 처음 만났다. 그때부터 1974년까지 뒤라스를 만나면서 뒤라스에 대한 석사 논문을 썼다. 특히 이 책♟은 생의 마지막을 앞둔 뒤라스♟를 위해 썼다. 여기서 그는 자신이 스무 살 무렵 처음 만났던 뒤라스를, 그녀 스스로 "사이공에서 태어난 숲의 마르그리트 뒤라스"라고 불렀던 뒤라스를, 그리고 사망하기 2년 전인 1994년에 재회했던 뒤라스의 모습을 무한한 그리움 속에서 깊고 유려하게 그려낸다.

저자는 "세상을 보고 느끼는 방법과 그것을 이해하고 글을 쓰는 방법 등은 전적으로 뒤라스에게서 왔다. 피할 수 없는 만남이 삶의 나머지를 요구했던 다른 많은 사람에게 그랬던 것처럼 내 방법에도 그녀의 인장이 찍혀버렸다"고 말한다. 이 책 첫 페이지에서 뒤라스의 글쓰기를 "아무것도 아니지만 그것을 둘러싼 어둠으로부터 끌어낼 수 있어야 하는 사소한 것들, 빈손으로, 무념無念으로, 맨몸으로 그

♟   이 책의 원제는 '뒤라스를 위하여'다. 그는 집필 의도가 프랑스에서 뒤라스를 옹호하기 위함이었다고 밝혔다.

♟   뒤라스는 1996년에 타계했다.

밤으로 들어갈 수 있는 용기, 단지 '바람처럼 일어나서', 우주의 심연 속으로 재빨리 사라지기 때문에 우리가 곧바로 옮겨 써야 하는 것에만 관심을 가지고 이 밤을 향해 가는 용기와 같은 것"이라고 압축한다. 저자가 이해하는 뒤라스 글쓰기의 핵심은 밤, 즉 무한을 향해 가는 용기다.

저자의 관심은 뒤라스가 파스칼처럼 밤을 모색하는 글쓰기를 했다는 점에서 시작되었다. 뒤라스 전기를 쓸 때 그는 뒤라스의 꿈이 파스칼에 대한 영화를 제작하는 것이었음을 알게 되었는데, 이처럼 눈에 보이지 않는 것이 본인의 집념, 직관과 맞아떨어졌다고 했다. 이 책에서도 '자신이 가장 위대하고 광활하다고 여기는 파스칼을 뒤라스가 좋아한다는 사실이 기쁘다'고 밝혀두었다.

뒤라스는 절대적인 것에 삶을 걸었던 파스칼을 그토록 좋아했다. 저자는 파스칼과 뒤라스가 모두 존재하고 이해하는 것의 기쁨을 공유하면서 글쓰기라는 강렬한 불가항력에 빠져든 사실을 파악했다. 중요한 것은 항상 앞으로 나아가는 것, 위험을 무릅쓰는 것, 그리고 위험 속에 존재하는 것이다.

중요한 것은 글쓰기에 굴복하는 것이다. 글을 쓰는 것에 대한 이 같은 집중력은 작품 속에 모든 것을 동원함으로써 신비스러운 특성을 끌어낸다. 작품에 이상한 울림을 가져다준다. 그것은 뒤라스가 말한 것처럼 귀를 기울이는 것과 관련된다. 글을 쓴다는 것은 단지 침묵을 듣는 것, 그리고 그것을 재빨리 전사하는 것이다. 그래서 뒤라스의 글쓰기에서는 문장보다 단어를 눈여겨봐야 할 때가 많다. 각 단어에는 수십 가지 의미가 배어 있기 때문이다.

나는 이 책을 1997년 프랑스에서 막 돌아온 선배가 건네준 귀국 선물로 받았다(그 선배는 지금 그 사실을 기억조차 못 한다). 이 책의 첫 문단을 읽는 순간 푹 빠져들었다. 마치 저자가 뒤라스를 만나면서 뒤라스라는 작품 속으로 들어간 것처럼. 틈틈이 번역하던 중 저자에게 뒤라스에 대한 강의를 듣고 싶다며 편지를 썼다. 마침 한국연구재단의 박사후 연구 지원을 받은 터라 바로 파리로 떠났다. 저자는 당시 파리가톨릭대학ICP에서 뒤라스의 『고통』에 나타난 시적 앙가주망'에 대한 강의를 하고 있었다. 나 역시 뒤라스의 자전적 글쓰기로 박사학위를 받은 후 『고통』의 앙가주망 문학의 특성을 계속 연구하려던 참이었기에 주저하지 않았다. 그 후 2년간 매주 목요일과 금요일에 나는 그 고풍스럽고도 예쁜 건축물에서 그의 강의를 들었다.

그는 나에게 "앞으로 나가야 한다Il faut avancer"라는 문장을 자주 인용했다. 프랑스어로 쓴 글을 보여주었을 때 그는 내가 뒤라스♠라는 마을에서 개최하는 뒤라스 문화제에 참여할 수 있도록 배려해주었다. 그 마을에서 뒤라스의 영화와 희곡작품을 한꺼번에 볼 수 있는 행운을 누렸다. 또 저자의 소개로 만난 낭시대학의 도미니크 드네스 교수는 뒤라스와 함께 레지스탕스로 활동했던 미테랑 대통령과의 친분에 대해서도 상세히 알려주었다. 뒤라스는 미테랑 대통령을 만나러 갈 때 옷차림에 전혀 신경 쓰지 않았으며, 그녀 주변에는 늘 젊은 군단들이 따라다녔다는 이야기를 흥미롭게 들었다.

한국으로 돌아오기 전 저자가 가족과 함께 거주하는 남 프랑스의 제르스라는 곳에 초대받아 갔다. 그 고성에서 그는 프랑스에서 최초로 뒤라스에게 바쳐진 책(1972)을 보여주었다. 첫 페이지에는 "시가 있을 때 그것은 절대적인 필요성을 가지고 존재하는 것이다"라는 뒤라스의 서명이 있었다. 저자는 교황에 대한 전기를 쓸 정도로 신실한 가톨릭 신자다. 그러나 글 쓰는 방식에서만큼은 뒤라스에게 공감해 매일 밤 모든 것에 촉각을 세우고 신의 음성을 들으려는 것처럼 쓰고 또 썼다. 그는 매일 밤 스탠드 불빛 아

♠ 뒤라스라는 필명은 그녀가 태어난 마을 이름에서 가져왔다. 본명은 신에게 바치다라는 뜻의 마르그리트 도나디유였다.

래에서 마치 노동을 하듯 글을 썼다. 나이트호처럼 글쓰기의 바다를 항해했다.

지금도 저자는 보이지 않는 세계와 감각을 추구하는 독자들을 위해 매일 밤 규칙적으로 쓴다. 그는 "어떤 글을 쓰게 될지 모른다 하더라도 작가는 항상 앞으로 나아가야 한다. 주저와 두려움에 대항해야 하는 것이다. 따라서 글을 쓴다는 것은 도전과 같은 것이지, 안락한 소일거리가 결코 아니다. 글을 쓴다는 것은 위험을 무릅쓰고 도전하는 행위다"라고 주장한다.

나를 저자와 만나게 해준 이 책의 첫 장에는 "뒤라스와 뒤라스에 대한 우리 공동의 사랑을 기념하며"라는 그의 서명이 있다. 뒤라스에 대한 공동의 사랑의 결과물이 이 번역서다. 숨어 있던 이 원고가 빛을 볼 수 있도록 해준 글항아리 편집장님과 출판사에 감사드린다. 그리고 이 번역서를 작년에 우리 곁을 떠나신 나의 그리운 아버지와 이책의 첫 페이지를 읽고 눈물을 글썽인 나의 아름다운 어머니께 드린다.

뒤라스의 글쓰기

초판인쇄 2024년 4월 22일
초판발행 2024년 5월 1일

지은이 알랭 비르콩들레
옮긴이 이은숙
펴낸이 강성민
편집장 이은혜
마케팅 정민호 박치우 한민아 이민경 박진희 정유선 황승현
브랜딩 함유지 함근아 고보미 박민재 김희숙 박다솔 조다현 정승민 배진성
제작 강신은 김동욱 이순호

펴낸곳 (주)글항아리│출판등록 2009년 1월 19일 제406-2009-000002호

주소 경기도 파주시 심학산로10 3층
전자우편 bookpot@hanmail.net
전화번호 031-955-2689(마케팅) 031-941-5161(편집부)

ISBN 979-11-6909-223-4 03800

www.geulhangari.com